ユーモアサスペンス

花嫁、街道を行く

赤川次郎

実業之日本社

目次

カバーイラスト／いわがみ綾子
カバーデザイン／高柳雅人

花嫁、街道を行く

プロローグ

もう逃げ場はない。

教会の中へ駆け込んで、亜由美は肩で息をしながら中を見渡した。

冷たい空間に、自分の足音だけが響いている。

どこか――。どこか隠れる所はない？

でも、隠れたところで、じきに見付かってしまうだろう。

そして――殺される。

いやだ！　こんな所で死んでたまるか！

そうは言っても、追手はすぐ近くまで迫っていた。

薄暗い教会の奥へと進んで行くと、目の前に、大きなキリストの像が、亜由美を見下ろしていた。

「神様。――助けてよ、そんな所で黙ってないで……」

と、つい口に出していた。

表に車の停る音がした。それも一台じゃない。

来た！　ここでじっとしていたら、アッという間に「消されて」しまう。

亜由美は必死で左右を見回した。

――バラバラと足音が教会の戸口に聞こえた。

正面の扉が音をたてて開いた。

「ここにいるはずだ」

と、声がした。「捜せ！」

男たちが入って来た。

足音が左右へ分れて、奥の祭壇へ向って進んで来る。

「見付けたら、射殺しろ」

と、冷ややかな声が言った。「ためらうなよ」

「いいんですか？」

と訊いている男もいる。「殺されたと分ったら――」

「ここは日本じゃないんだ」

と、冷ややかに遮って、「身許不明の死体が川から一つ上ったって、誰も興味を持つもんか」

一つって何よ！　人間なんだからね！　荷物と間違えないでよ！

文句を言ってやりたかったが……。

声を出せば居場所がばれる。そして、実際殺されて川へ投げ込まれたら、どこの誰でも気にされないだろう。

どうしてこんなことになっちゃったの？

亜由美も、これまで数々の危い目にあって来たが、今度ばかりは……。

でも、おとなしく撃たれて死ぬのもしゃくだ。

せめて相手の足首にでもかみついてやる！

ドン・ファンみたいに。

ああ、ドン・ファン！　どうして助けに来てくれないの？

面倒みきれないよ、ですって？　もういっぺん言ってごらん！

言われてもいないのに勝手に怒っているのは、それぐらいしかできることがないからだった。

ところで——ここはドイツ、ロマンチック街道の小さな町外れにある教会の中。

観光にはいい所だが、殺されるにはあまり向いているとは言えない。

足音はゆっくりと近付いてくる。

もう、どう考えても、ここへ突然隕石（いんせき）でも落ちて来ない限り助からない。

教会で殺されたからといって、キリスト教徒でもないのに天国で受け付けちゃもらえないだろう……。


もとはといえば、亜由美が親切過ぎたというだけのことだった。

あのとき、駅前で……。

1　求人広告

いかにも手ぎわが悪かった。

「どうぞ……」

改札口を出て、さっさと歩き出す人たちに向って、おずおずとチラシを差し出しているのは、ジャンパー姿の大学生らしい女の子だった。

改札口から少し離れて立っていた塚川亜由美は、友人の神田聡子が、待ち合わせに二十分も遅れているので、ため息をついていた。

もっとも、聡子のせいというより、乗っているバスが事故渋滞に巻き込まれているせいだとメールして来ていた。

それで、暇だったからというので、そのチラシ配りの女の子を眺めていたのだが。

「あれじゃだめね」

と、首を振って呟くと、「――どうせ暇だ」

ツカツカと、その女の子の方へと歩いて行く。

「あの……どうぞ」

女の子は、改札口を出て来る人にチラシを渡そうと差し出すのだが、みんなチラッと見るだけで、受け取らずに行ってしまう。

手に抱えた、かなりの量のチラシの束は、一向に減らないのだった。

「そんなんじゃだめよ！」

亜由美にいきなり声をかけられ、女の子はびっくりして、

「あの——」

「誰も受け取ってくれないわよ、そんなことしてたら」

亜由美は女の子の抱えていたチラシの束をひとつかみ取ると、改札口を出て来たサラリーマンに、

「はい！」

と、チラシを勢いよく差し出した。

相手はちょっとびっくりして足を止め、ほとんど反射的にチラシを受け取ってしまう。

「どうも。——はい！」

今度はくたびれた様子の主婦。

「は……」

安売りか何かかしら、といった顔でチラシを受け取る。

次は忙しげな営業マンで、

「はい、どうぞ」

と差し出した亜由美を見て、ちょっとニヤリとする。

「何ならもう一枚」

と、二枚持って行かせてしまった。

その調子で、次から次へとチラシを渡して行き、受け取らなかったのは、両手一杯に荷物を抱えていた女性だけだった。

「——分った？　リズミカルにやるのよ。はい、どうぞ。はい、どうぞ、ってね」

　ジャンパー姿の女の子は、呆気に取られて見ていたが、

「――あの、ありがとうございました」

　と、礼を言った。

「いいのよ。いつまでもチラシが無くならないんじゃ困るでしょ」

「はい……」

　見たところ、たぶん亜由美と同じくらい、二十歳かそこらの娘で、着る物も髪も構わない様子だが、なかなか可愛い顔をしている。

「もうちょっと派手な色のワンピースとか、持ってないの？　パッと目につくと、渡しやすいわよ」

　と、亜由美は言った。「ま、大きなお世話か。――あ、来た来た」

　バスが停って、神田聡子が降りて来るのが目に入って、

「じゃあ、しっかりね」

「どうも。あの――一枚、どうぞ」

　と、亜由美もチラシを受け取るはめになってしまった……。

「亜由美ももの好きね」

　と、神田聡子が笑って言った。

「だって、暇だったんだもの、誰かさんが遅れて来たおかげで」

「私のせいじゃないわよ」

「分ってる。ともかく、デパートに行こう」

二人は、足早に歩き出した。

亜由美は、もらったチラシを手にしていたが、あの女の子の見ている所で捨てるわけにもいかず、ポケットへ押し込んだ。そして、それきり忘れてしまった……。

「目標達成！」

と、聡子が言った。

「私は、あと一枚、Tシャツが欲しかったな」

と、亜由美は悔しげに言った。「でも――もう一度チャレンジする元気、ないな」

デパートのセールで戦って来たところである。

「お茶しようか」

「賛成」

両手に紙袋をさげて、二人はデパートの一階にあるカフェに入った。幸い平日で空いている。

「うんと甘いもんがいい」

「太るよ」

どっちがどっちのセリフでもおかしくない。

結局、亜由美はパフェを、聡子はクレープを頼んで、ホッと息をついた。

そして、亜由美はポケットからティッシュペーパーを出そうとして、

「――あれ？　何だろ？」

ポケットの中にクシャクシャになった紙が入っている。

取り出して思い出した。

「さっき駅前で配っていたチラシだ。忘れて

た」

「安売りか何か？」

「そうじゃない」

と、亜由美はそのチラシをテーブルの上で伸して、「〈求人広告〉だよ。〈委託販売〉の〈配達員募集〉ですって。〈経験を問わず〉〈年齢不問〉か。——一日で五千円だって」

「何時間働くかによるんじゃない？」

と、聡子がもっともなことを言った。

「何を配達するんだろ？　全然分らないんじゃないよ」

「でも、一日五千円なら、人が来るかもしれないね」

「そうね。いざってときのために、取っとくかな」

と、冗談半分に言って、チラシを四つにたたむとバッグに放り込んだ。

亜由美と聡子がそれぞれの「甘いもの」に取りかかると、きれいに平らげるまで十分しかかからなかった。

そして、二人は紅茶を飲んでから、カフェを出た。

二人がデパートの正面の出入口へと向っていると——。

「キャーッ！」

という悲鳴が上った。

「何かしら？」

と、足を止めて振り返ると、正面の案内カウンターの前に、男が倒れていた。

　亜由美は足早にその男に近付いて、

「大丈夫ですか？」

　と、声をかけたが、大丈夫でないことはすぐ分った。

　うつ伏せに倒れた男の上着の背中に、広がっているのは血に違いなかった。

　そして血は男の体の下に流れて、広がって行った。

「亜由美――」

「ちょっと荷物持ってて」

「え？　でも――」

　聡子も、自分一人の荷物で手一杯だったが、そう言われると仕方ない。必死で二人分の買物を抱え込んだ。

　亜由美はかがみ込んで、男の手首の脈を取った。

「――亡くなってる」

　と、亜由美は立ち上って、案内所の女性に、

「警察へ連絡して下さい」

「は……。あの……ご気分が悪くなられたのでしたら、一階奥の事務室に――」

「もう死んでます」

　と、亜由美は言った。「それに、見て分る通り、背中を刺されてるんです。一一〇番通報して下さい」

「でも――あの――上司に訊いてみませんと」

「そんなこと……。分りました」

亜由美は自分で一一〇番へ通報した。

そして、もう一人、何かと親しい、殿永部長刑事へも。

「――また何かあったんですか？」

と、殿永は出るなり言った。

「殿永さんはすぐそう言うんだから」

と、亜由美は言った。「でも――そうなんです。Mデパートの正面入口を入った所で、男の人が刺されて死にました」

殿永はちょっとの間黙っていたが、

「――今すぐ行きます」

と言って切った。

冗談を言うような亜由美でないことは分っているのだ。

「亜由美、ここで待ってるの？」

「ごめん、聡子！　荷物持って、先に帰っててくれる？　家にいてくれれば」

「これ全部持ってけってこと？」

「タクシー使えばいいわよ。後で払うから。ね？」

聡子は渋々、

「ちゃんと払ってよ」

と言うと、タクシー乗場へと息を切らしつつ、出て行った。

「お話だと、亜由美さんが目にする直前に刺されたということですね」

と、殿永は言った。

「ええ。血が流れる前に見ています」

「誰か見ましたか?」

「いいえ。だって、私たち、こっちへ背中を向けていたんですもの」

Ｍデパートの社員が、苦り切った表情で、

「営業に差し支えるんですけど……」

「殺人事件です。ご協力をお願いします」

「でも……自殺とかってことはないんですか？　いや、それならいいってわけじゃありませんが」

「背中を自分で刺します?」

と、亜由美が言った。

「はあ……」

「この正面を映してるカメラがありますね。映像を見せて下さい」

と、殿永が言うと、

「あ……。それは、その……」

と、社員が口ごもる。

「何か問題でも?」

「実は……ちょうどこの一階フロアのカメラが故障してまして」

「全部ですか?」

「はあ。一階全体をカバーしてるカメラは同じ回線を使っていまして、それが先日から故障していて……」

「いつごろからですか?」

「そうですね。二、三日前……。いや、一週間ぐらいでしたかね」

「一週間も放ってあったんですか?」

と、殿永が呆れると、亜由美が、

「もっと長く、ですよね」

と言った。「そうなんでしょ?」

「たぶん……ひと月ぐらい……」

「直す気ないんじゃないですか」

——ともかく、ブルーシートで囲った中、男の死体は血に染っている。

「見たところ、サラリーマンには見えませんね」

と、殿永は言った。

「確かに、背広にネクタイじゃないけど、今はこういう家にいるみたいなラフな格好で勤めてる人もいますよ」

と、亜由美は言った。

「そうか。いや、私などは頭が古いので、つい……」

「私、それじゃ帰ります。聡子が家で待ってるんで」

「分りました。何か分ったら連絡しますよ」

「よろしく」

目の前で人が殺されても動じないというのは、亜由美の豊富な経験(?)によるのである。

——後はプロに任せて、亜由美は帰宅した。

「タクシー代!」

亜由美の顔を見るなり、聡子が言った。

「憶えてたか」

「当り前でしょ!」

「はい、ちゃんと払うわよ」

どうして私が払わなきゃいけないの？　そうも思ったが、といって、あの男を刺した犯人に請求するわけにもいかず、

「いくらだった？　──はい、じゃ、これね」

「二十円足りない」

「いいじゃない、それぐらい」

「だめ！」

「はいはい」

亜由美は小銭入れから十円玉を二つ取り出して、聡子へ渡した。

「あらまあ」

と、亜由美の部屋へ入って来たのは、母の清美。「神田さんから借金してたの？　お金の貸し借りは、友情崩壊のきっかけになるわよ」

「オーバーね」

あーあ、と亜由美はベッドに引っくり返った。

「ワン」

「あ、なんだ、ドン・ファンも寝てたの」

亜由美に追い出されて、この塚川家の主たるダックスフント、ドン・ファンが苦情を申し立てた。

「私、自分の買ったもの、早く着てみたいから、帰るわ」

と、聡子が言った。

「あ、そう。ご苦労さま」

亜由美は寝たまま、バイバイと手を振った。

「冷たいのね」

と、清美が見咎めて、「せめて、ちゃんと見送りなさい」

「いいのよ、友達なんだから」

「神田さん、悪いわね、うちの娘はこういう風だから」

「いいんです。もう慣れてます」

と、聡子は言って、自分の分の手さげ袋を手に取る。

「でも、どうしてあなたが亜由美の分まで持って帰って来たの?」

「あ、大したことじゃないんです。人が刺し殺されたんで、亜由美が持ってってくれってて
……」

「刺し殺された?」

「そうなんです。本当に、大したことじゃないんです」

「その人は亜由美が刺し殺したの?」

「お母さん! そんなわけないでしょ!」

と、ベッドから亜由美が文句を言った。

「分らないわよ、亜由美のことだから」

清美は真顔で言ったのだった……。

「――あら、これは何?」

床に落ちていたチラシを清美が拾って広げる。

「――求人広告じゃないの」

「そうなんです」

まだ部屋にいた聡子が、「亜由美の受け取った謎のチラシです」

「勝手に話を作るな」

そのとき、玄関のチャイムが鳴って、清美が出て行った。

「でも、亜由美」

と、聡子が言った。「また危いことに首を突っ込まないでね。亜由美にもしものことがあったら……」

「聡子……」

「絶対、私も巻き込まれるんだから！　死ぬときは一人で死んでね」

「ちょっと！　それが親友の言うことか」

「ワン」

と、ドン・ファンが笑った。

「――亜由美」

と、階下から清美が呼んだ。「殿永さんがみえたわよ」

「え？　分った！　今行く」

と、ベッドから下りて、「ずいぶん早く来たね。もう犯人が捕まったのかしら」

「亜由美、がっかりしてない？」

と、聡子が言った。

清美が階段の途中まで上って来て、

「亜由美、もし逃げるのなら、殿永さんを縛り上げとくけど」

と言った……。

2 無縁

「何ですって！」

亜由美が、かみつきそうな顔で言った。

「いや、私が言ったんじゃありませんよ」

と、殿永があわてて言った。

「だけど――ふざけてる！」

「殿永さんに当ってもしようがないじゃないの」

と、聡子が言った。

「ワン」

と、ドン・ファンが同意する。

「だって……あんまりよ！」

亜由美が怒っているのも無理はないというもので、やって来た殿永が、

「あのデパートの案内カウンターの女性が、『あの男の人を殺したの、あの女の人じゃないですか』と言った」

というのである。

「あの女の人」とは、他ならぬ亜由美のことだったのだ。

「私が刺して、わざわざ一一〇番したって言うんですか？　馬鹿らしい！」

亜由美は、そう簡単には怒りがおさまらない。

「亜由美がガミガミ言ったからだよ」

「そうか……。だって、一一〇番してってって言ったら、『上司と相談して』とか、ふざけたこと言ってるから……」

　事情を聞いて、殿永も、

「なるほど」

　と、笑って、「そういうことなら分りますね。きっと、あの案内の女性たちは、上司から文句を言われたんですよ」

「あんなデパート、二度と行ってやるもんか！」

　と言ってみたものの、普段からそう買物しているわけではなく、デパートにとって、亜由美一人が買物に行かなくても、少しも困らないだろう。


「しかし、目の前で刺されたはずの案内カウンターの女性がそんなことを言うほど、犯人は見られていないということですね」

　と、殿永は言った。

「そうですね……。あんなに人の出入りの多い所で。ふしぎと言えばふしぎですね」

　と、亜由美は少し落ちついて、母のいれたコーヒーを飲んだ。「――苦い！　お母さん、やたら濃くない、このコーヒー？」

「あんたの目が覚めるようにと思って」

「目は覚めてます！」

「被害者の身許が、持っていたケータイで分りました」

　と、殿永は言った。「名前は〈元木周治〉。四十歳です。——奥さんと連絡が取れましたが、何だか夫婦仲、うまくいってなかったようでしてね」

「そうですか。でも、まさか奥さんが……」

「そうじゃないでしょう。ただ、元木周治さんは、一年前に会社が潰れてしまって、以来、失業中だそうです」

「じゃ、失業保険ですね」

「それで、元木さんのポケットに、こんな物が入ってたんです」

殿永が、クリアファイルに入れたそれを出して見せると、亜由美は面食らった。

「このチラシ……」

「あら」

と、清美が覗き込んで、「亜由美が持ってたのと同じじゃない」

「といいますと？」

「私……これ配ったりしたんです」

あの〈求人広告〉だったのである。

亜由美が聡子を待っている間に、チラシ配りの女の子を手伝ったことを話すと、

「なるほど。——偶然ですね」

と、殿永は肯いて、「すると、元木さんは早速そのチラシの求人に応募したのかもしれませんね」

「一日五千円だったっけ」

と、聡子が言った。「失業中の人なら、飛びつくかもね」

「それで殺された？　――妙な話ね」

亜由美にはいやな予感がした。――いつものことだが。

ドン・ファンも、

「クゥーン……」

と、不吉な声（？）を上げたのである。

「まあ、大体こういうのは、いい加減なのが多いですからね」

と、殿永部長刑事は言った。

「一応、住所出てますけど」

と、亜由美は自分のチラシを見て言った。

「この辺りですね」

殿永のカーナビは、車が目的地近くに来ていることを示していた。

「しかし……それらしい建物はありませんね」

殺された元木という男が持っていた〈求人広告〉の応募先にともかく行ってみよう、ということになって、

「もしかしたら、私が渡したチラシだったかもしれない」

というので、亜由美は殿永に同行して来たのである。

「この手の求人は、正体不明なのが少なくありませんからね」

と、ゆっくり車を走らせながら、殿永は言った。「出ている住所もでたらめだったりするんです」

「ええ、たぶん……。あ、ちょっと！」

「どうかしましたか？」

と、車を停める。

「このチラシの〈Kフリーワーク〉って、今その名前が……」

チラシの求人は、隅の方に小さく〈Kフリーワーク〉と書かれていて、住所だけが入っていたのだ。

「どこですか？」

「あの……これ」

亜由美も半信半疑で指さした。

「――なるほど、確かに。しかし、妙ですな」

と、殿永も言ったのは……。

どっしりとした門構えの邸宅があり、その門柱に、小さく目立たないが、〈Kフリーワーク〉と書かれたパネルが取り付けてあったのだ。

「こんなお屋敷が〈配達員募集〉って、おかしくないですか？」

「しかし、まあ……。ここに違いないようだ」

殿永は車をその門の前に寄せた。すると、

「どちら様ですか？」

と、どこかから声がした。

「警察の者です」

と、殿永が身分証を見せる。

どこかにカメラがあるのだろう。

「このチラシの件で、伺いたいことがありまして」

と、チラシを示すと、

「お入り下さい」

重厚な門が左右へゆっくりと開いた。

やっぱり妙だ。

その堂々たる邸宅へ入って、ますますそう思わないわけにいかなかった。

広い居間へ通されると、亜由美と殿永は、絵画や彫刻に囲まれた重々しい空間で、落ちつかなかった。

「いらっしゃいませ」

和服姿の初老の女性が、二人にお茶を持って来た。「旦那様は今おいでになります。少々お待ちを」

「はあ……」

殿永が、「あの――」

と言いかけたとき、

「時枝さん、お父さんは――」

と、居間へ入って来た女性がいた。

亜由美たちに気付いて、

「お客様？　失礼しました」

と会釈する。

「あなた……」

と、亜由美は目をみはった。「あのチラシを配っていた人ね！」

「え？」

と、亜由美を見て、「――ああ！　あのとき、駅前で」

おずおずとチラシを配っていた娘である。

「なつき様のお知り合いですか」

「いえ、そういうわけじゃ……。お父さんは？」

「今、こちらへ」

「分ったわ」

時枝と呼ばれた女性は居間を出て行った。

亜由美は、我ながらその娘のことがよく分ったと思った。

あのときの地味な格好と打って変って、豪華なイブニングドレス――なんかじゃなかったが、ニットの趣味のいい色のウエア。

この格好では、いかにもこの大邸宅にしっくりと溶け込んで見えた。

「どうしてここへ……」

「私、塚川亜由美。こちらは殿永部長刑事さん」

「まあ。――父に何かご用で？」

と言ってから、「失礼しました。私、ここの娘で、加東なつきです」

「実は、ここがどういうお宅か知らずに伺ったんですよ」

と、殿永は言った。「こちらのご主人というのは……」

「父は加東建夫といいます。〈東〉の方の加東です」

「表札も出ていなかったので」

「そうですね。この辺のお屋敷は、たいてい表札を出しません」

と、なつきは言った。「どうぞ。コーヒーでも」

「いえ、お茶が……」

「時枝さんは、あんまり歓迎したくないお客には、日本茶をうんと濃くして出すんです」

と、なつきは微笑(ほほえ)んだ。「——時枝さん、こちらに——」

と、戸口から言いかけると、

「コーヒーですね。お持ちします」

と、返事が返って来た。

「ところで、こちらの加東さんとは、どういう方です?」

と、殿永が訊くと、なつきは、

「当人からお聞き下さい」

と、なつきは言って、「どうぞご自由に」

「それより、このチラシの〈Kフリーワーク〉の住所を捜して来たの」

と、亜由美は言った。「ここでいいのよね?」

「はい。そうです」

と、なつきは肯いた。「チラシを見ておいでになると、やはりびっくりされますよね」

「それどころか——殺されたんですよ」

「え?」

なつきが目を丸くする。そこへ、

「お待たせしまして」

と、現われたのは、白髪の老紳士。

ツイードの上着に紅色のネッカチーフを首に巻いている。

「私が加東建夫ですが、刑事さんとか?」

と言って、「まあ、ご自由におかけ下さい。時枝が——」

「今、コーヒーを運んで来るわ」

と、なつきが言って、「お父さん、こちらの方が、駅前でのチラシの配り方を教えて下さったお姉さん」

「ああ、そうでしたか！　その節は娘がお世話に」

「あのチラシ、全部渡せました」

と、なつきが得意げに言った。

「良かったわね！」

と、亜由美は微笑んだが、「でも——ここはどういう所なの？」

「いぶかしく思われるのも当然です」

と、ソファにゆったり寛（くつろ）いで、加東建夫は言った。

「そもそも、あなたは何をしておいでの方なんですか？」

と、殿永が訊く。

「どう見えます？」

「クイズをやってるわけじゃありません」

「お父さん、ちゃんと答えないと」

「といってもな……」

と、加東は言うと、「そちらがどういうご用で来られたのか。あなた方を信用しないわけではないが」

「恐れ入ります」

「その前に——」

と、加東は言った。「なつきを私の孫だと思われるかもしれないが、娘なのです」

「ずいぶん遅いお子さんだったわけですね」

と、亜由美が言った。

「さよう。この子は今十九。私が五十歳のときの娘です」

「それで……」

「私は金持ちです」

と、加東は少しも照れるでもなく言った。

「祖父の代で、アフリカの金鉱山、父の代でダイヤモンドの発掘で成功し、私は何の仕事をしなくても、困らないのです」

「体に悪いわね」

と、なつきが忠告した。

「ありがとう。しかし、このなつきも同様だ」

と、加東が言った。「大学へはほとんど行っていない。もともと人見知りで、この屋敷から出ようとしません」

「出なくとも、家の中を歩いてるだけで充分運動になりそうですね」

と、亜由美が言った。

「おっしゃる通り。しかし、じき二十歳になるというのに、人前にろくに出られないのでは困る。それでチラシ配りをさせたのです」

「で、チラシの中身ですが」

と、殿永が言いかけると、なつきが、

「さっき、誰かが殺されたとか言われましたね?」

と、思い出したように、「でも、まさかこのチラシのせいで？」

「それを捜査に来たのです」

やっと殿永が事情を説明できた。

加東は黙って話を聞いていたが、

「——それは気の毒なことでしたな」

と言った。「しかし、そういうことでしたら、特にチラシと関係ないとも……」

「ええ、もちろんです」

と、亜由美が肯いて、「ただ、殺された元木という人が、失業中で、このチラシを持っていたので、もしかしたらここへ来られたのかと思ったんです」

「でも、今日配ったばかりなのに」

と、なつきが言った。「それに、来れば時枝さんが憶えてるわね」

お手伝いの女性が呼ばれて来たが、

「そういうお客様はおいでになりませんでした」

と、アッサリ片付けられてしまった……。

3　忘れたチラシ

「チラシ、チラシ……」

と、亜由美が呟くと、

「〈ちらし寿司〉お一つですね」

と、ウエイトレスがオーダーを入力した。

「――え？　あ、そうじゃないの！」

と、亜由美はあわてて言った。

「だって今、そうおっしゃったじゃありませんか」

と、ウエイトレスがふくれっつらになって、

「一旦入力すると訂正するの面倒なんですよ」

「じゃ、いいわ、〈ちらし寿司〉で」

別に食べたくないわけでもなかった。

「まだ気にしてるの？」

と、こちらは〈ハンバーグ定食〉を頼んだ聡子が言った。

〈ちらし寿司〉も〈ハンバーグ定食〉もあるこのレストランはデパートの中の食堂。

平日なので、あまり人はいなかったが、セール中ということで、大荷物を抱えている女性は何人か目についた。

「その後、殿永さんからは？」

と、聡子が訊く。

「何も。――犯人は捕まってないってことでし

ょ」

デパートの入口で、元木という男性が刺し殺されて十日ほどたっていた。

「あの事件は結局、チラシと関係なかったのね」

「聡子はそう思う?」

「じゃ、亜由美は?」

「関係ないのかも……。でも、どこか引っかかるのよね」

と、考え込む。

あの加東建夫という男性に、亜由美はいささか、うさんくさいものを感じていた。

しかし、殿永が調べてみると、加東は自分が言った通りの人物だということだった。

要するに、受け継いだ財産だけで、一生暮していける——それも飛び切りぜいたくに——「金持」だったのだ。

「世の中にゃ、そんな人もいるんだ」

と、話を聞いて聡子は感動(?)しきりだった。

そして、金持というのは妙なことを考えるものらしく、あのチラシで何をするつもりだったかといえば、

「職についていない人をちょっと手助けしたい」

と、思い立ったのだという。

一日五千円だが、誰かが応募して来たら、

「十日間働いた」

ことにして、五万円を払って帰ってもらったという。

実際、あの後に、「チラシを見て」と訪ねて来たのが七、八人いたらしい。全員、何の仕事もせずに五万円もらって、わけが分らない様子で帰って行ったというが、当然だろう。

それに、なぜあんなチラシを作ったのか、加東の説明ではとても納得できない。

といって、あのチラシのせいで元木という男が殺されたとも思えない。

「ああ、もうどうでもいいや!」

と、亜由美が言うと、

「何よ、いきなり」

と、聡子が目を丸くする。「まだチラシのことを考えてたわけ?」

「うん。――これで、あのチラシを受け取った人間が次々に殺されでもしたら、また別だけどね」

「そんなこと考えて……。本当になったらどうするのよ」

と、聡子にたしなめられてしまう亜由美だった。

というわけで……。亜由美は〈ちらし寿司〉を食べることになったのだが。

「――まああね」

と、ペロリと平らげて、「お茶もらおう。――ね、ちょっと」

と、小間使風の白いエプロンを付けたウエイトレスに声をかけて、「お茶、ちょうだい」

「かしこまりました」

と、ウエイトレスは言って、「あの――緑茶とほうじ茶と、どちらがよろしいでしょう？」

「ああ……。それじゃ、ほうじ茶にしてくれる？」

「かしこまりました。――あ！」

「え？」

亜由美はそのウエイトレスをまじまじと見つめて、「まあ。あなた、加東なつきさんじゃないの」

「どうも、その節は。――ええと、緑茶でしたっけ、ほうじ茶でしたっけ」


「一度連絡しようと思ってたんです」

と、加東なつきは言った。

「何か私に話でも？」

と、亜由美は訊いた。

亜由美と聡子は、食事の後、そのまま同じ席にとどまっていた。

そして、同じテーブルに、加東なつきも加わっていたのである。

「ちょうどバイトの終了時間なので」

ということだったが、ついさっきまでエプロンを付けたウエイトレスだったのに、今は見るからにお洒落(しゃれ)な「お嬢様」である。

「でも、変ってるわね」

と、聡子が言った。「一生遊んで暮らせる身分なのに、どうしてウエイトレスのバイトなんかやってるの？」

「父に言われてるんです。『人間、いつどうなるか分らないんだから、いつでも働けるようにしておけ』って」

「でも、お父様は働いてないんでしょ？」

「ええ。でも自分で働いたことがないので、働くって、凄く大変なことだと思ってるみたいです」

「それで、娘には働けと……」

「そうなんですけど……。チラシ配ったり、一日三時間ウエイトレスやるくらいで、働いたって言わないですよね」

「そりゃそうだ」

と、聡子が肯く。

「それで——私に何の話が？」

と、亜由美はもう一度訊いた。

「私、調べたんです、亜由美さんのこと」

「私のこと？」

「ええ。探偵社に頼んで、人を五人使って調べてもらったんです」

「五人？」

亜由美は目を丸くして、「どうして五人も……」

「二人は大学関係で、成績やレポートの評価を調べるのが一人と、大学での交友関係を当ってるのが一人。それからご家庭での生活状況が一人。ご両親との関係が一人。男性との付合、もてるかどうかに一人。――それで五人」

「あのね……」

文句を言おうとしたが、何をどう言っていいか分らず、やめておいた。

「私、結果が聞きたいわ」

と、聡子が面白がっている。

「でも、特に異常な報告はありませんでした」

「悪かったわね、平凡な人間で」

「いえ。亜由美さんの場合は、〈偉大なる平凡〉と言うべきです」

ほめてるつもりらしい……。

「それで、興味深い事実が分りました」

と、なつきは言った。「亜由美さんが大学内で〈私立探偵事務所〉を開設しておられることです」

「何よ、それ？　そんなものやってないわよ！」

「隠しておられることは承知です。もちろん私も口外しません」

「隠すも何も――」

「それで、私、思ったんです。亜由美さんの助手にしてもらおうって」

もはや絶句するしかない亜由美だった。


「亜由美」

朝、母に起されて、

「今日は午後から……」

と、ベッドで答えた亜由美だったが、

「お迎えが来てるわよ」

と言われて、

「お迎え？　何、それ？」

と起き上る。

「あんたに分らないなら、私に分るわけがないじゃないの」

と、清美が言った。「でも、ずいぶん目立つお迎えよ」

どうなってるの？　――何だか分らなかったが、仕方なく亜由美は起き出して、ともかく玄関へ出て行った。

「おはようございます！」

玄関先に立って、元気一杯で言ったのは、加東なつきだった。

「どうしたのよ？」

と、亜由美が面食らっていると、

「お迎えに来ました。助手の役目ですから」

誰かが、亜由美が大学内で探偵事務所を開いている、などとでたらめを言った。なつきに、それを説明して、一応納得してくれたと思ったのだが……。

「あなた、まだそんなこと言ってるの？」

と、亜由美は欠伸（あくび）しながら、「迎えに来たって――どこへ連れてくつもり？」

「大学のすぐ近くです。授業に出ても、またすぐ探偵に戻れるでしょ」

「分ってないのね……。ま、いいわ。目が覚めちゃった」

　なつきを待たせておいて、二十分ほどで仕度をすると、

「大学の近くの喫茶店でモーニングセット、食べましょ」

　と、玄関を出る。

「車がそこに」

「車?」

　亜由美は唖然とした。——そこに待機していたのは、真赤なスポーツカー、ポルシェである。

「これ……あなたの?」

「ええ。ちょっと古い型なんで、もしカーチェイスでもして傷だらけになってもいいと思って」

「カーチェイスなんてやらないわよ、大学生は」

　文句は言ったものの、ちょっと乗ってみたい気にはなっていて、なつきの運転で大学へと向かう。

「さすがに、加速するときのパワーが違うわね!」

　と、亜由美は感心したが——。「でも、なつきちゃん」

　いつの間にか「ちゃん」と呼んでいる。

「はい?」

「あなたも大学生でしょ?　そっちへ行かなくていいの?」

「亜由美さんの大学に入りました」

「え?」

「色々コネがあるんで」

金持というのはそういうものかもしれないが、それにしても、デパートの食堂で話をしてから、一週間しかたっていない。

——やがて車は大学から五、六十メートルしか離れていないビルに着いた。

「この中です」

呆気に取られながら、なつきについてビルへ入ると、エレベーターで七階へ。

「ここです!」

と、なつきが手を広げて、「いかがですか?」

ガラス扉に金文字で、〈塚川亜由美探偵事務所〉とある。本物の事務所だ。

中へ入ると、受付風のデスクがあり、その傍にドアがもう一つ。

それを開けて入ると、ソファセットと、大きなデスク。パソコンも置かれている。

「ここ、本当に借りたの?」

「ええ。正確に言うと買って手を入れたんです」

「はあ……」

「探偵ですから、本当は護身用に拳銃を、と思ったんですけど、さすがに、それだけはコネじゃどうしようもなくて」

そりゃそうだろう。

「待ってよ。ここで私が探偵をやるの? 私、学生よ」

「分ってます。でも、やっぱりオフィスがないと」

「ともかく――お腹空(なかす)いたわ」

亜由美となつきが事務所を出ると、エレベーターの扉が開いて――。

「聡子！　何してるの？」

エレベーターから降りて来たのは神田聡子だったのだ。

「アルバイトに来たのよ」

「ここに？」

「そう。〈塚川亜由美探偵事務所〉の受付に座ってるって仕事」

なつきが楽しそうに、

「じゃ、三人で朝食をとりながら、これからのことを相談しましょ」

と言った……。

公団アパートのエレベーターは動きがのろい。

三階までなら、たぶん階段を上った方が早いだろうが、今の尚子(なおこ)はそんな気分じゃなかった。

エレベーターが下りて来るのを待ってでも、階段を上る気にはなれなかった。それほどくたびれていた、と言うべきかもしれない。

体の疲れより、夫、元木周治の死で、葬儀や色々な届け出などの雑用が重なったせいである。

ああ、やっとエレベーターが下りて来た。

尚子はエレベーターに乗って、〈3〉のボタンを押した。ゆっくりと扉が閉り、エレベーターが上り始める。

——夫の死を、尚子はまだしっかり受け止め切れていなかった。

悲しみに打ちひしがれて——というわけではない。

悲しいより、腹を立てていた。——何よ、こんなに早く、勝手に死んじゃって！

「本当にね……」

それも、病気や事故じゃない。刺し殺されたなんて！

特に変ったところがあったわけではないのに、一体誰が夫を殺したのだろう？　尚子には、まるで見当もつかなかった。

刑事にもしつこく訊かれたが、全く思い当らなかったので、そう答えるしかなかったのだ。

ところが、そうなると「妻が怪しい」という安直な発想になるらしく、事件当日のアリバイまで訊いて来た。

幸い、あまり外出しない尚子にしては珍しく、以前カルチャーセンターで一緒だった奥さんたちとランチをとっていたので、アリバイは完璧だった。

それでも、この公団アパートの中では、

「奥さん、ちっとも悲しんでないわね」

「きっと男がいたのよ」

などという話になっているらしかった。

「冗談じゃないわ」

と呟く。

やっとエレベーターが三階に着く。

〈302〉が、元木尚子の家だ。——スーパーで買った物の袋を持ち直して、鍵を取り出し、〈302〉のドアの鍵穴へ差し込んだが——。

「え?」

鍵が開いてる! ——いやだ。私、かけ忘れて出かけたのかしら。

ドアを開けて、尚子はびっくりした。

女物の靴があったのだ。でも、どうして——。

すると、玄関へ、ジーンズ姿の女が出て来て、言った。

「お帰り、お姉さん」

4　ツアー生活

「びっくりするじゃないの！　電話ぐらいしてから来てよ」

　と、尚子は胸に手を当てて、「まだドキドキしてるわ」

「だって、成田から直接来たんだもの。重いスーツケースを持ってね。電話する余裕なんてなかったのよ」

「久美子、あんたここの鍵、持ってたっけ？」

「もらったじゃないの。お姉さんたちがここへ越して来たときに」

「そうだった？　憶えてないから、誰が入ったのかと思ったわ」

　尚子は、買った物を冷蔵庫に入れて、「どこから帰って来たの？」

「オランダよ。アムステルダム」

　南久美子は、尚子の妹である。三十八になる尚子とは十歳も違って、今二十八歳。海外旅行の添乗員、いわゆるツアーコンダクター、〈ツアコン〉である。

　海外専門で、語学の才能に恵まれているようで、一年の大半は日本にいない。当然独身。

「お義兄さんにお線香あげたわ」

　と、久美子は言った。

「メール、読んでくれたのね」

と、尚子はお茶をいれながら言った。

「メール？　知らない」

「でも……。あんたがどこにいるか分らなかったけど、ケータイにメールしたのよ、事件のこと」

「受信できなかったのかしら。場所によって、うまく届かないことがあるのよ」

「じゃ、どうしてここに？」

「成田から会社に電話入れたの。無事解散しました、って。電話に出た同僚が、一度お義兄さんと会ったことがあったの。それで、ＴＶのニュースで見て、もしかしたら、って思ってたんだって」

「そうだったの。——びっくりしたでしょ」

「もちろんよ！　半信半疑だったけど、ここへ来て、お骨が……」

久美子は義兄、元木周治の写真へと目をやって、「ああ、本当だったんだなあって思った」

久美子は首を振って、

「いい人だったのにね、お義兄さん。どうして殺されるなんて……」

四十だった元木にしてみれば、十二歳も年下の久美子は可愛かったのだろう。久美子も高校生のころで、元木の「大人らしさ」に憧れている風だった。

「犯人、捕まってないの？」

「ええ、まだ。——あの人を殺そうとする人間がいるなんて、思ってもみなかったから、動機がさっぱりね……」

久美子は、元木が失業中だったことも初めて知ったようで、

「可哀(かわい)そうに、お義兄さん……」

と、ちょっと涙ぐんだ。

「ありがとう」

と、尚子は言った。「きっと喜んでるわ、あの人」

「お姉さん、どう思ってるの？」

久美子の口調には、少し姉を責めているようなところがあった。

「一緒に暮してれば、色んなことがあるわよ。それに失業してから、あの人は変った」

と、尚子は言った。

久美子はお茶を飲むと、

「デパートで刺されたって聞いたけど」

と言った。「どういうことだったの？　教えて」

「そう言われても……。私にも詳しいことは分らないのよ」

尚子は、知っているだけのことを妹に話した。

「そのチラシって？」

「よく分らないのよ」

尚子は、写真に撮ったチラシを見せた。

そのとき、久美子のバッグで、ケータイが鳴った。

「――もしもし」

久美子は立ち上ると、居間から玄関の方へと出ながら、

「――ええ、今夜は何とか……」

少し声をひそめている。

男かしら。――尚子は、そんな様子の妹を初めて見た気がした。

考えてみれば、尚子は妹に彼氏がいるのかどうか、全く知らないのだった。

ツアーコンダクターとして、一年の大半を海外で過している久美子である。帰国していても、すぐに次のツアーの準備に駆け回っていて、尚子とは顔を見ても、ゆっくり話すことなどほとんどない。

「――はい、かしこまりました。できるだけ早くご返事を差し上げます」

ケータイで話していた久美子が、はっきりした声で言って、通話を切って、居間へ戻って来た。

「――仕事の話？」

と、尚子はさりげなく訊いてみた。

「旅行代理店の人。せっかちで、何かっていうと電話してくるの。うるさいったらありゃしない」

尚子がいれた紅茶を飲みながら、久美子は言った。

嘘（うそ）をついてる。――尚子には分った。

子供のころから、頭の回転が早くて、どんな

グループに入ってもうまく立ち回ることができた久美子に比べると、十歳も年上ではあったが、尚子は地味で、人付合いが苦手だった。

しかし今の久美子は……。

何か隠したいことがあると、人はこんなに無器用になってしまうのだ。通話を切るときになって、急にビジネスライクな口調になったり、相手がどんな人かと訊いてもいないのに、あれこれしゃべったり。

嘘をついてる、と誰にでも分る。

「――久美子、あんた今年二十九になるのよね」

と、尚子は言った。

「まだ先よ。十二月だもん、誕生日」

「知ってるけど。――どうなの？　好きな人でもいる？」

久美子はちょっと笑って、

「いきなり、そんな話。お姉さんらしくない」

「だって、めったに会わないじゃない」

「それはそうだけど……。好きな人ができたら、ちゃんと言うよ、お姉さんに」

そう言うと、久美子は息をついて、「もう行かなきゃ」

「しばらく日本にいるの？」

と、尚子は訊いた。

「一週間ぐらいかな。会社に行ってみないとはっきり分らないの」

久美子は話しながら、もう立ち上っていた。

「じゃ、またね」

　尚子は玄関へ送りに出ると、靴をはいている久美子へ言った。

「ね、久美子……」

「うん。——何？」

「心配してくれてありがとう」

「何よ。当り前のことじゃない」

「そうね。姉妹だものね。お互い、心配するよね」

　尚子は、そんな遠回りな言い方で、久美子のことを心配していると伝えたのだ。通じたかどうか分らなかったが。

　大丈夫。——気付かれてないはずだ。


　多少の不安はあったが、少なくとも、姉の様子を見る限りでは、気付かれていないと思えた。

　タクシーで夜の町を、待ち合せのホテルへ向いながら、南久美子はそれでもいくらかは気持が沈んでいた。

　ほんの遊び。——お互いそう思っていた。

　義兄、元木周治と、ちょっとした勢いのせいで寝てしまったのは、この前、長いツアーから帰国したときだった。

　疲れて、ストレスがたまっていた。姉はたいてい家にいるので、成田から直接訪ねてみたが、姉は珍しく法事で一泊の旅行に行っていて、元木が一人でいた。

　どうせ食事に出ようと思っていた、と言われて、久美子は一緒に近くのレストランに行った。姉が帰って来ないと分って、ワインを多めに飲み、そのまま元木のアパートへ泊ってしまった。

そして——夜中に目が覚めると、シャワーを浴び、裸で出て来たところへ、元木も目を覚ましていた……。

「でも……まさか」

と、タクシーの中で、久美子は呟いた。

一度だけの関係だったし、それ以上のめり込むつもりもなかったが、その元木が殺されたと知ったときは、思っていた以上にショックを受けた。

もちろん、自分との一夜がその原因ではないだろうが。


ああ。もうホテルに着く。

忘れよう。元木のことは。いつもの彼との楽しい時間のことだけ考えよう。

タクシーはホテルの正面に寄せて停った。


「大丈夫なの、今日は」

と、シャンパンを飲みながら久美子は訊いた。

「うん。医療機メーカーの営業の接待だと言ってある」

と言ったのは、いかにもエリート風な紳士である。

高屋恭一（たかやきょういち）。——S大病院の外科医。

フランクフルトで開かれる学会に参加する医師たちのツアーに、久美子は添乗したのだ。

ドイツ語のできる久美子は、同行した添乗員たちの中でも特に目立ったろう。六十代の大学教授たちに可愛がられた。

ことに、医師たちのリーダーだったのが、S大医学部長の神谷(かみや)で、その第一の部下が高屋だったのである。

学会の後は毎夜パーティがあり、そこでは高屋が幹事をつとめていて、ごく当り前に久美子と親しくなった。

学会が終った後、ドイツ国内を四日かけて回り、久美子は本領を発揮した。そして最後の夜、久美子は高屋の部屋のドアを叩(たた)いた……。

もちろん、用心しなければならなかった。高屋の妻、香子(よしこ)は、神谷の娘だったからだ。

「——何かあったのかい?」

高屋は久美子の表情を敏感に読み取った。

「姉の所に寄ったの」

「それが——」

「姉のご主人が殺されて」

突然「殺された」と聞いて、高屋は面食らっていたが、

「ああ、デパートの入口でね。ニュースで見たよ」

と肯いた。「あれが君のお義兄さんだったのか」

「リストラされて失業中だったって。何があったのか分らないわ」

「しかし、君の話だと、人に恨まれるような夕

イプじゃなさそうだがね」

「ええ。そう目立つ人じゃなかったし。でも姉の話だと、失業してからは人が変ったと言ってたわ」

そう言って、久美子は首を振り、「早く食べてしまいましょ。時間が惜しいわ」

泊るわけにはいかない。高屋の妻、香子との間には十九歳になる息子、秀輝がいる。

夜中になっても、帰宅すれば香子は何も言わないのだ。

「息子さんは二年生？」

「一応ね。医学部には入りたくないと言ってるよ。まあ気持は分るがね」

と、高屋は言った。

「でも、もったいないわ。優秀なんでしょ？」

「やればできる奴だと思うがね。まあ、あんまり口は出さないことにしてるよ」

ステーキを食べてしまうと、高屋は言った。

「コーヒーは部屋で飲むか」

「そうしましょ！」

久美子の声は弾んでいた。

ホテルのスイートルームに入ると、久美子は高屋がネクタイを外す間もなく、ベッドへ押し倒した。

「ちょっと――待ってくれよ」

と、高屋がさすがに久美子を押し返そうとしたが、

「だめ！」

久美子は高屋の上にまたがって、「どれだけ我慢したと思ってるの！」

と言いながら服を脱ぎ出した。

「分った。――分ったけど、せめてネクタイだけでも――」

「私が外してあげる！」

久美子は高屋のネクタイをむしり取るように外すと、後ろへ放り投げた。

「おい……。シャツが破れるよ」

と、高屋が苦笑して、「な、少し落ちつけって。一分を争うわけじゃない」

「争うのよ、私にとっちゃ！」

久美子は高屋の口を唇でふさいだ。

すると――。

「高そうなネクタイだな」

という声がしたのである。

久美子が高屋の上からどくと、振り返った。

黒いスーツの男が立っている。

「誰？　何よ、人の部屋へ勝手に入って来るなんて――」

「お邪魔して申し訳ないが」

大柄な男は、ただ者でないといやでも気付かせる口調で、「すぐ出かける仕度をしてほしい」

高屋もベッドに起き上ると、

「誰なんだ？」

と言った。

「身分を明かすわけにいかないが、高屋先生を必要とする患者がいる、とだけ言っておこう」

「患者を診ろと言うのか？　それなら——」

「面倒な手続きを踏んでいる暇はない」

と、男は言って、チラッと後ろを振り返った。

一見して外国人と分る男が二人、姿を現わした。二人とも手に拳銃を持っている。

久美子が高屋にしがみついた。

「撃ちはしない」

と、日本人の男が穏やかに言った。「言うことを聞いてもらうためだ」

「——分った」

高屋は肯いて、「乱暴はやめてくれ」

「暴力を振うつもりはない。おとなしく我々についてて来てくれ」

高屋は久美子の肩を抱いて、

「僕らがここに泊ることも知っていて、しかも鍵をあけて入って来ている。——普通の強盗じゃないよ」

と言った。

「でも……」

「君はここで待っていろ。誰にも連絡せずに」

しかし、男は、

「南久美子さんも一緒に来てもらう」

と言ったのである。

「どうして私の名前を……」

「こいつらは何もかも知ってるんだ」

と、高屋は言った。「言うことを聞いた方がいい」

「分ったわ」

と、久美子は言った。「でも、無事に帰してもらえるの？」

「安全は保証する。我々に従ってさえくれれば」

と、男は言って、促した。「さあ、行こう」

「待って」

と、久美子は言った。「言うことを聞くから、その拳銃をしまって。ホテルの人に見付かっても困るでしょ」

男は少し考えている様子だったが、二人の男の方へ向って、何か分らない言葉で言った。

二人は、ちょっと不服そうだったが、取りあえず拳銃を持った手をポケットの中に入れた。


「——さあ、行くぞ」

促されて、高屋と、その腕にしっかりつかまった久美子の二人はベッドルームを出た。

廊下では誰とも出会うことなく、エレベーターまで行き着いた。

久美子は、誰か、ルームサービスを頼まれたボーイなどに出会わないかと期待していたが、むだだった。

エレベーターは直接地下の駐車場へと下りて行った。

久美子は、黒いスーツの日本人が、二人の外国人に言う「言葉」を聞きたかったのだ。

ヨーロッパにもしばしばツアーで行っている久美子は、英語とドイツ語を話す。聞けば大体どこの言葉か分るのだ。

しかし、あの言葉は、久美子にも聞き憶えのないものだった。

ただ――聞いた感じで、おそらく東ヨーロッパのどこかの特殊な方言のように感じられた。

「乗れ」

と言われたのは、大きなリムジンで、中は広々としていた。

「目隠しをさせてもらう」

――何が始まるのだろう？

久美子は並んで座った高屋の手をギュッと握った。

視界が閉ざされ、車が静かに動き出すのが分った。

5　依頼人

「亜由美、お迎えが来たわよ」

と、からかい半分に言われて、亜由美は、

「分ってるわよ」

と、ふてくされて見せた。

大学を出ようとしているところで、正門の前には、あの目立つ真赤なポルシェが待っていたのだ。

もちろん、ハンドルを握っているのは、加東なつき。仏頂面の亜由美に向って、笑顔一杯で手を振っていた。

「亜由美」

と、ここまで一緒に来た友人が、「あの子と恋人同士って、本当？」

と訊いた。

「違うわよ！」

と、亜由美はムッとして、「向うが勝手に……」

「そうむきにならなくてもいいじゃない。あの子、なかなか可愛いし、それにどう見ても、亜由美のこと、慕ってるわよ」

「好きに言ってなさい」

と、亜由美は肩をすくめて見せた。

そして友人と別れて、ポルシェの助手席に納まったのである。

「それじゃ、先生、オフィスにご出勤ですね？」

と、なつきが言った。

「先生はやめてよ」

と、亜由美は言った。「ともかく、一応オフィスに——」

「かしこまりました！」

ポルシェが走り出す。——が、何しろオフィスはすぐ近く。何秒もかからず着いてしまう……。

ビルへ入ると、ちょうど神田聡子もやって来て、

「いいバイトだわ。座ってりゃいいんだものね」

「出勤しても、することないんじゃね」

と、亜由美がエレベーターで欠伸すると、

「あら、そんなことないですよ」

と、なつきが言った。

「何が？」

「今日、一人依頼人が来るはずです」

「どうして知ってるの？」

「ケータイにメールが来てました。〈午後三時半に伺います〉って」

「ちょっと……。本当の話？」

「ええ」

「だけど……私、探偵の免許なんて持ってないのよ」

「いいんじゃないですか、自己申告で」

「そんな……」

資格もないのに、〈調査費〉なんかもらったら、問題だろう。

でも——もし本当に依頼人が来たとしても、亜由美が探偵と知ったら帰ってしまうだろうから……。

エレベーターが七階に着いて、三人が降りると——。

〈塚川亜由美探偵事務所〉の前に、誰かが立っていた。

「あの……」

と、なつきが声をかけ、「メールをいただいた方ですか？」

「ええ」

二十歳前後の大学生らしい男性だった。着ているジャケットは一見して分る高級品。

そして、スラリとした体つきの、知的な雰囲気の若者だった。

「お待たせしました」

と、なつきがオフィスの鍵を開けて、「お入り下さい」

「どうも」

亜由美は咳払いして、

「あの……調査の依頼にみえたんですか？」

「そうです」

「でも——ごめんなさい。この〈塚川亜由美〉って私のことなの。探偵といっても素人で

「どうぞ」

なつきがコーヒーをいれてくれる。

少なくとも、雰囲気は探偵事務所だ。

「僕、S大の二年生で、高屋秀輝といいます」

と言うと、名刺を取り出した。

「は……。名刺、持ってるの？」

「ゼミの活動とかで必要なので」

「そう。それで、依頼というのは……」

「人を探してほしいんです」

本格的な話である。

ともかく話を聞くしかない。

「誰を探すんですか？」

と、亜由美は訊いた。

「この人です」


――」

「僕、知ってます」

と、その若者は言った。

「え？」

「塚川亜由美さんのこと。これまでに色々事件を解決して来たんでしょ？」

「といっても……。私、ただの大学生ですよ」

「いいんです！　ぜひ、調査をお願いしたくてやって来たんです」

どう見ても大真面目（おおまじめ）である。

「あ、そう……。じゃ、ともかく中へ……」

亜由美としても、そう言うしかなかったのだった……。

と、高屋秀輝はスマホを取り出して、写真を見せた。

中年の紳士と、しっかり腕を組んでいる若い女性。——隠し撮りらしい写真だ。

「この男の人は……」

「それは僕の父です。高屋恭一といって、S大病院の外科の教授で」

「はあ……。で、女の方は……」

「南久美子さんといって、海外旅行のツアーコンダクターをしている人です」

「はあ……」

写真の様子では、どう見ても二人は普通の知り合いではない。

高屋秀輝は、亜由美の考えていることを察したように、

「南久美子さんは、父の恋人です。でも、父には妻がいて、僕の母ですが、香子といいます」

「つまり……不倫ってこと」

「そういうことになりますね」

と、アッサリ肯くと、「でも、久美子さんはとてもいい人なんですよ。むしろ父の方が浮気してるって感じなんです」

「そう。で、探してほしいっていうのは……」

「この南久美子さんのことです」

「行方が分らない？」

「ええ」

と、秀輝は言った。「父に訊いても知らないと言っています」

「言っている、ってことは……。あなたの言い方では、本当は知ってて隠してる、というように聞こえるわ」

「疑ってはいます。でも、父は本当に知らないのかもしれない。それでも、久美子さんが行方不明になった事情を何か知ってるはずだと思います」

亜由美は、座り直した。これはどうやら本気で取り組まなくてはならない出来事かもしれない。

「——高屋秀輝君といったわね」

「ええ」

「その南久美子さんに何かあったとして、それはいつごろのこと？」

「一週間くらい前だと思います」

「彼女が行方不明になったとき、お父様が一緒だったと？」

「父は何も言いませんが、言わないってこと自体、おかしいと思いませんか？」

自分より年下の大学生にしては、しっかりした印象だわ、と亜由美は思った。

「でも——ともかく、あなたのお父様には会ってもむだのようね。南久美子さんにご家族は？」

「一人暮しですが、お姉さんがいます。ツアーの合間に、帰国したときにはお姉さんに会いに行ってるようです」

亜由美は少しホッとした。

「じゃ、まずそのお姉さんに会ってみましょう。あなたはまだ話してないの?」

「ええ、まだ」

と、秀輝はちょっと難しい表情になって、

「どうしようかと思ったんですけど、そのお姉さん、最近ご主人が殺されて……」

「殺された?」

亜由美がびっくりする。

「ええ。犯人はまだ捕まってないみたいです。何でも、デパートの人ごみの中で——」

「待って。その殺された人って、元木周治さん?」

「そうです。お姉さんは元木尚子さんといって……。でも、どうして知ってるんですか?」

秀輝が訊いた。

「私が、その場に居合せたの」

亜由美が説明すると、

「そんな偶然って……。これって、きっと運命ですね」

と、秀輝が言った。

「分ったわ。その尚子さんの連絡先、分る?」

亜由美は聞いたケータイ番号へかけたが、電源が切れている。

「殺人事件が起ると、妙ないたずら電話をかけたりする人がいるのよ」

と、亜由美は言った。「そのせいで、切ってるのかもしれない。——直接訪ねてみましょう」

「よろしくお願いします」

と、秀輝はていねいに頭を下げた。

「まあ、私で少しでもお役に立てば……」

「それで調査料はおいくらですか？」

訊かれて、亜由美たち三人、顔を見合せた。

「あのね――まだ決ってないの。とりあえず今回は後払いで」

と、亜由美が言った。

「でも――そういうわけには」

と、秀輝はジャケットのポケットから封筒を取り出して、亜由美の前に置いた。「前金です。後はまた請求して下さい」

「了解」

断ることもないだろう。

「――ではよろしく」

と、秀輝は立ち上って言った。

「でも、秀輝君」

と、亜由美が言った。「久美子さんのことを、どうしてそんなに心配するの？」

「そうですね」

と、秀輝がちょっと照れたように、「僕、久美子さんのことが好きなんです」

――高屋秀輝が出て行くと、亜由美たちはしばらく無言だった。

「――いいね」

と、聡子が口を開いた。「外科医の息子。頭も良さそう。それに、いい男だ」

「仕事よ、仕事」

と、亜由美は封筒を手に取って、「――十万円入ってる」

「大学生なのに……」

と聡子は言ったが、「――なつきも、金持だけどね」

「先生、それじゃ行きますか」

と、なつきが張り切って言った。

「ええ。――運転してくれる?」

「もちろんです!」

でも――あの殺された元木の妻の妹が行方不明?

これって偶然かしら?

「まあ、妹のことで?」

と、元木尚子は言った。

亜由美となつきの二人が訪ねて行くと、尚子はちょっと面食らった様子だったが、

「お願いしますわ。久美子が黙って、仕事も放り出してどこかへ行ってしまうような子じゃないのは、私がよく知っています」

と、真剣に言った。「でも、警察へ行っても、取り合ってくれません。二十八になって、しかもツアーコンダクターであちこち飛び回ってるんだから、大方男とでも旅行してるんだろう、って言われて……」

「久美子さんの彼氏については?」

「よく知りません。でも、この前、帰国した日に会っていたと思います」

亜由美は少し考えていたが、

「恐れ入りますが、妹さんの部屋を調べさせていただいてもいいでしょうか」

と言った。

「ええ、もちろん」

直感というか、「予感」のようなものがあった。

南久美子が会っていたのは、たぶん高屋恭一だろう。

しかし、高屋恭一は自宅に戻り、南久美子は姿を消したままだ。それが気にかかる。

これって、本格的な「事件」らしい。

尚子の案内で、亜由美たちは南久美子のマンションへと向った。

6　捜索

「妹が行方不明になってると知ったのは、あの子が契約している旅行社から電話があったときでした」

と、元木尚子は言った。「次のツアーが迫ってるのに、久美子から何の連絡もないというんです」

尚子は首を振って、

「そんなはずはありません。久美子はとても優秀なツアーコンダクターで、これまで、客の起すトラブルはともかく、自分のせいで何か問題を起したことはないはずです」

と言った。「でも、旅行社の方はカンカンで、久美子はよその旅行社に引き抜かれたんだろう、なんて噂（うわさ）も飛んでいたようです。たとえそうでも、久美子は辞めるなら辞めるで、きちんとして行く子です」

塚川亜由美、神田聡子、加東なつき、そして元木尚子は車で、南久美子のマンションへと向っていた。

「ワン」

あ、失礼。――ドン・ファンも一行に加わっていた。

それというのも――南久美子のマンションに

行くのに、ポルシェでは乗り切れないと分ると、亜由美の「自称助手」加東なつきが、

「車を呼びます。ちょっとお待ち下さい」

と、一本電話をかけ、十五分で、何と大きなベンツがやって来たのである。

しかも、運転手付き！

それで、亜由美は自宅に寄って、ドン・ファンを連れて行くことにしたのである。

それにしても、金持のやることは分らない、と亜由美は思っていた。

「尚子さんは、一度久美子さんのマンションへ行かれたんですね。消息が分らなくなってから」

と、車の中で亜由美は訊いた。

「はい。やはり姉妹ですから、手掛りがつかめないかと……。でも、結局目につくような物は何もありませんでした。あの子が誰と付合っていたか、とか……。亜由美さんはご存知？」

「少し待って下さい。一応依頼人のことは明かしてはいけないことになっているので」

本職並みに、しかし、素人だからこそ、けじめが必要だ。

「――なかなか洒落たつくりですね」

マンションの前で、車を降りる。

「〈505〉です」

と、尚子がエレベーターで言った。「男の子の節句みたいでいやだと言ってました」

尚子が鍵を開け、中へ入る。そして、カーテ

ンが引かれていたので、とりあえず明りをつけると、とたんに、尚子が、

「まあ！」

と、声を上げた。「こんなはずが……」

尚子がびっくりしたのは当然だった。——南久美子の部屋は思い切り荒らされていたのである。

あらゆる引出しが引き出され、中身が床に散らばっている。

「誰か忍び込んだんですね」

と、なつきが言った。

これはまともじゃない。

「これって、何かを捜してのことかしら」

と、亜由美が首をかしげた。

それにしてはあまりに徹底的に荒らされている気がしたのだ。

「——この写真」

と、尚子は落ちていた写真立てを拾って、

「これが彼氏でしょうか」

そこには、久美子と、あの依頼人の父、高屋恭一が写っていた。

「そのようですね」

と、亜由美は言った。「——尚子さん、前にここへ来たとき、この妹さんの部屋はこんなに荒らされてはいなかったんですね」

「もちろんです！　こんなことになっていたら、一一〇番しています」

「そうですよね。でも——この写真は見付から

なかったんですか？」

「あ……。言われてみれば変ですね。もちろん、久美子の行方が分らないわけですから、ある程度引出しの中も調べました。こんな写真立てが置いてあったら、気が付かないはずないのに」

「一応指紋を採る必要があるかもしれませんね」

　亜由美は殿永のケータイへかけた。――また殿永からいやみの一つも言われそうな気はしたが……。

「――じゃ、待ってます。よろしく」

　と、亜由美は事情を話して、ここで殿永の来るのを待つことにした。

「――何だかドン・ファンがじっと写真を見てる」

　と、なつきが言った。

「ドン・ファン、どうかしたの？」

　と、亜由美は訊いた。「久美子さんが好みのタイプ？」

「ワン」

　ドン・ファンが怒ったように吠えた。

「待って……。写真、曲ってるわね」

　亜由美は、写真立ての裏ぶたを外して、写真を取り出した。すると――折りたたんだ紙が落ちた。

「写真の裏に何か……」

　と、尚子が言った。

　写真の裏に、〈S大の高屋先生と。高原にて〉

と走り書きしてあった。

「S大の高屋先生っていう人なんですね」

と、尚子が言った。

「ええ、お医者さんです」

亜由美は、依頼人が高屋医師の息子だと明かした。尚子は肯いて、

「そういえば、ドイツかどこかで学会があって、久美子が添乗したと聞いたことがあります」

と言った。「たぶんそのときに……。でも奥さんのある方なんですね」

そう言って、ちょっとため息をつく。

「亜由美、その紙は、何？」

「待って」

折りたたんであった紙を開くと、「――電話番号だ」

「どこだろうね」

「知りたきゃ、かけてみるしかない」

と、亜由美は言ったが、「私のケータイでかけない方がいいね。――これ、普通の固定電話の番号だから。この近くに公衆電話ないかしら」

「さすが亜由美先生ですね！」

と、なつきが言った。「このマンションの向いに電話ボックスが」

「よく気が付いたわね」

「今どき、珍しいですもの」

なるほど。――亜由美は、久美子の部屋の中を調べるのは聡子に任せて、なつきと二人、一

旦マンションを出て、電話ボックスに入った。

「もう使わないと思ってた」

財布に入っていたテレカを久々に取り出して、紙片に書かれていた番号にかけた。

すぐに向うが出た。事務的な口調の女性が、

「はい、R共和国大使館でございます」

と言った。

「あ、失礼しました。間違えました」

亜由美はすぐに切って、「〈R共和国〉って知ってる？」

と、なつきに訊く。

「〈R共和国〉ですか」

「レストランか何かの名前かしらね」

「いいえ、ありますよ。〈R共和国〉って、確か東ヨーロッパのどこか。――もしかして、旧ソ連かもしれません」

「ああ、あの辺、小さい国がいくつかあるのよね。東ヨーロッパのどこかなのね、きっと」

と、亜由美は言った。「でも、なぜそこの大使館の番号が？」

「行って訊いてみます？」

「待って。これはもしかしたら誘拐かもしれないのよ」

と、亜由美は言って。「――ね、なつきちゃん、あなた大学で、〈R共和国〉について、っていうテーマでレポートを出すことになってない？」

「レポートですか？　いいえ」

と、なつきが首を振る。

「分ってるわよ！　そういうことにしてみようって話！」

「あ、分りました。でも……私じゃなくて、亜由美先生でもいいわけですよね」

「私は指示を出す立場。実際に動くのは、助手の仕事でしょ」

　と、急に「先生」になって、「それに、なつきちゃんの方が、勉強できそうだから、レポート書くって言っても怪しまれないと思うわ」

「そうですね」

　なつきは、素直に納得して肯いた……。

　カチャリと鍵が回った。


　南久美子はベッドに起き上って、誰が来たのかと身構えた。

　ドアが開いて、入って来たのは、金髪の長身の男性で――。

「帰してくれるの？」

　と、久美子が訊くと、

「残念ですが……」

「だったら、何の用？」

　と、久美子はその男をにらみつけて、「夕飯には早いでしょ」

「これを」

　外国訛(なま)りのない日本語を話す、この男の名は「ペテル」といった。

「何なの？」

久美子は紙袋を受け取って、中を覗くと、

「これ……私の？」

「着替えです。お好みに合うかどうか分りませんが」

久美子は紙袋を逆さにして、ベッドの上に中身をドサッと落とした。

セーターやジーンズ、シャツに下着もいくつかあった。

「ペテル、あなたが下着、買って来たの？」

久美子は冷やかすように言った。

ペテルはいつもきちんとスーツ姿でネクタイをしている。堅苦しい格好が、〈R共和国〉の役人としてふさわしいと信じているらしい。

そのペテルが女性の下着売場であれこれ買っているところを想像するとおかしかった。

「違います」

と、ペテルは顔をしかめて、「この大使館の女性職員に買いに行かせました」

外国人は老けて見える。ペテルも一見三十代半ばくらいかと思えるが、実際は、二十八歳の久美子と違わないかもしれない。

「私、いつまでここに監禁されてるの？」

と、久美子は、むだと知りつつ訊いた。

ペテルの返事はいつも同じで、

「それを決めるのは私ではありません」

と、今日もそうだった。

「でもね、世間では私は行方不明になってるのよ。みんなが騒いでるわ。警察沙汰になったら、そっちも困るでしょ」

　我ながら筋の通った意見だと思うのだが、

「それを考えるのは――」

「私じゃありません、ね。分ったわ」

「それに、監禁といっても、バストイレ付きで、TVもあるし、そう不自由はないと……」

　おずおずと言うペテルに、久美子はカッとして、

「何言ってんのよ！　不自由はないですって？　私のことを死ぬほど心配してくれてる姉さんに連絡もできない。日の光に当ることもできない。好きなように歩くこともできない。これのどこが自由だって言うの！」

　食ってかかってみたところで、空(むな)しいと分ってはいる。しかし、たまにはこうして爆発しないと……。

　ペテルは申し訳なさそうに目を伏せて聞いていたが、久美子が言葉を切ると、

「――それだけですか」

と言った。「上の者に伝えます」

　では、と出て行こうとするペテルへ、

「ね、具合はどうなの、王子様の」

と、声をかけた。

「はあ……。おかげさまで、大分お食事も召し上れるようになりました」

「そう。良かったわね」

「ええ。あの先生のおかげです」

「高屋先生ね。ちゃんと帰してあげたんでしょ

うね？　途中で殺したりとか――」

「とんでもない！」

と、ペテルは強い口調で言った。「先生は〈R共和国〉にとって恩人です」

「それならいいけど……」

そのとき、ペテルのポケットでケータイが鳴った。――少し話すと、

「今、兵士が来ます」

「え？　私、銃殺されるの？」

「違います。そんなことしませんよ」

「ならいいけど……」

すぐに靴音がして、兵士が二人やって来ると、黙って久美子に目隠しをして、部屋から連れ出した。


「どこ行くのよ？」

と言っても、兵士たちは日本語が分らない。

廊下を歩き、エレベーターに乗って……。

どこかいい香りのする部屋へ入った。そして、目隠しを外されると、すぐにはまぶしくて何も見えなかったが……。

「あ……」

大きなベッドに寝ている、頭に包帯を巻いた少年が目に入った。白い腕に点滴の針が入り、スタンドには薬液の袋が二つ、さがっていた。

「こんにちは」

と、少年が日本語で言ったので、久美子はちょっとびっくりした。

少年は微笑んで、

「その日本語だけ、教えてもらった」

と、ドイツ語で言った。「間違ってなかったかな?」

「正しい日本語でした」

と、久美子はドイツ語で返した。「具合はいかがですか、王子様?」

「うん。おかげで頭痛がほとんどなくなった」

「良かったですね」

――王子。名をリカルドというのだと聞いた。今、十三歳。

考えてみれば、〈R共和国〉に王子がいるのは妙なものだ。

しかし、〈R共和国〉は政情が不安定らしく、かつての王族もまだ滅びずに残っているのには、何か理由があるのだろう。

いずれにしても、私には関係ないことだわと、久美子は思った。

いや、そうも言っていられない。久美子がここから帰してもらえずにいるのは、この王子様のせいなのだから。

「――ごめんね」

と、王子は久美子を見上げて言った。

「え?」

「僕のせいで、あなたは帰れずにいるんだよね」

久美子は少し迷ったが、

「何か色々な事情がおありなのは分ります。でも、私を監禁してどうなるんでしょう? せめて、いつまでか分れば……。それと、家族に連絡を取らせてもらえればと思うのですが」

そう言ったとき、部屋に兵士たちが入って来て、

「時間だ」

とだけ言った。

「もう戻るの?」

久美子は肩をすくめた。

すると、リカルド王子が、

「僕の額にキスしてくれる?」

と言ったのである。

相手は十三歳の少年だ。そして、笑顔はなかなか可愛い。

「はい、王子様」

「リカルドと呼んで」

「リカルド様」

久美子はベッドへ寄って、寝ている少年の額に、そっと唇をつけた。

そのとき、かすかな声で、リカルド王子が言った。

「『散歩に出よう』と言われたら、逃げて。殺される」

久美子は息を呑んだ。

リカルド王子はすぐに笑顔になって、

「また来てね」

と言った。

「ええ、ぜひ」

久美子は何とか普通の表情に戻ってそう言う

と、再び目隠しをされ、兵士たちに腕を取られて、部屋から連れ出された……。

7 沈黙

あの医師だ。

南久美子と一緒の写真を、息子の高屋秀輝から見せられているので、亜由美にはすぐに分った。

「高屋先生」

と、中年のベテランらしい看護師が呼び止めた。

「ああ、小森さん。何だい？」

と、高屋は訊いた。

「神谷先生がお呼びです」

「へえ。どうしてケータイにかけて来ないんだろう」

神谷多門はＳ大の医学部長で、高屋の妻の父親である。

「さあ。ともかく学部長室に来てくれと」

「分った。すぐ行くよ。ちょっと一件、電話しなきゃいけないところがあるんだ」

高屋は廊下の奥まった辺りへ行くと、ケータイを取り出した。

亜由美は廊下に置かれていた配膳用の台車のかげに隠れていた。

「——もしもし」

高屋は、声をひそめて、「高屋だ。——そうか。で、数値は？」

　そこから、高屋はドイツ語で話し始めたので、亜由美にはさっぱり分らなかった。ただドイツ語だということだけは分った。

「ヤア。――では、約束は守ってくれよ」

　突然、また日本語に戻って、高屋は切ると、足早にエレベーターへと向った。

　不意打ち。相手によっては、これが効果的である。

　亜由美はダダッと駆け出すと、扉の閉まりかけたエレベーターへと飛び込んだ。

　高屋は、ちょっとびっくりした様子だったが、

「――何階に用？」

と、亜由美に訊く。

「同じで結構です」

「そう」

　エレベーターが上って行く。

　亜由美は高屋と並んで立ったまま、

「〈R共和国〉」

とだけ言った。

　高屋が一瞬息を呑んで亜由美を見た。

「君――」

「どこですか？」

「どこって……」

「南久美子さんです。どこにいるんですか？」

　高屋は絶句している。エレベーターが停った。

　扉が開きかけると、

「生きてるんですか、久美子さんは？　それだ

けでも、せめて――」

扉が開き、高屋は大股にエレベーターから出て行ったが、足を止めると振り向いて、亜由美に向ってしっかり肯いて見せた。

口には出さないが、「生きているのか」という問いへの答えだろう。

そして、〈R共和国〉がどこでどう係っているのか……。

ともかく、一旦エレベーターを降りた。

高屋は奥の方へ行ってしまって、姿は見えない。ここで待っていてもいいが――。

「このフロアに何のご用?」

と、咎めだてするような声が飛んで来た。

「いえ、ちょっと――」

亜由美はキョロキョロして、「間違えちゃったみたい！　すみません」

エレベーターを呼ぼうとしたが、もう下へ行ってしまった。

声をかけて来たのは、看護師ではなく、上品なスーツに身を包んだ女性で、

「何かよからぬ用事?」

「とんでもない！　ただ勘違いしただけです。本当です」

「主人と同じエレベーターに乗って来たわね」

では、これが高屋の妻か。

「それはただの偶然です」

と、亜由美は言い張ったが、

「ちゃんと話そうじゃないの」

高屋の妻、香子は亜由美を半ば強引に引張って行って、小さな応接室へと押し込んだ。

「あの──」

と言いかけると、

「座りなさい！」

と、亜由美をソファに座らせる。

こんな状況ではあったが、亜由美はソファの座り心地の良さに感動した。

「──正直に言って」

と、向い合って座ると、「私は高屋香子。主人とはいつからどういう関係になったの？」

この人、完全に私のこと、夫の「彼女」だと思ってる！

もし本当に「彼女」だったら、こんな所にノコノコついて来るもんですか！

どうやら、立派な身なりはしているが、あんまり頭のいい方ではないらしい。

亜由美はとっさに思い付いて、

「すみません」

と、ちょっとしおらしく、「いけないとは思っていたんですけど……」

「素直に認めるのね」

「でも私──まだご主人とは知り合ったばかりです。私たち、お互いひと目で分りました。私たちは運命的な出会いをしたんだってことが」

「あんたの方は少なくとも、不運な出会いだったわね」

と、香子はムッとしたように、「このまま無事で帰れると思ってるの？」

　この人、ヤクザか何か？

「お怒りはごもっともです」

と、亜由美は言った。「でも、私に何かすると、国際問題になりますよ」

「何よ、それ？」

「私――〈R共和国〉の駐日大使の娘ですから」

〈R共和国〉と聞いて、香子の顔色が変った。

「〈R共和国〉？　――確かに、この間、主人が〈R共和国〉の名前の入った封筒を捨ててたわ」

「ですから、私のこと、黙って帰した方が身のためですよ」

　亜由美は、脅していると言えるかどうか、ぎりぎりの線で言った。

「――仕方ないわね」

　と、香子は立ち上った。

「帰してくれるんですね？」

　やった、と思ったが――。

「一緒に〈R共和国〉の大使に会うわ」

　と、香子は言い出したのである。

「え？　でも――そんなことしたら、日本と戦争になるかも。トロイ戦争の例もあることですし」

　自分を歴史上の美女にたとえるとは、さすがに亜由美も少し気がひけた。

「ともかく、あんたの国じゃ、不倫を推奨してるのか、って訊いてやる」

　と、香子は言って、「来なさい！」

　引張られて行きながら、亜由美は少なくとも〈R共和国〉の大使館に入れるかもしれないと思っていた。

　こうなったら、一緒に行ってやる！


　散歩に誘われたら、殺される。

　あのリカルド王子の言葉には、リアリティがあった。

　久美子は、また部屋に閉じ込められると、

「何か身を守る物はないかしら」

　と、部屋の中を捜し回った。

　もちろん拳銃やナイフはない。

　あれこれ考えて、

「使えるかも」

　と思ったのは、安物のボールペンだった。使い捨てのもので、一応先が尖(とが)っている。これで突き刺しても、相手が死ぬことはないだろうが、少なくとも痛くてひるむだろうと期待したのだった。

　ふたを外したままポケットに入れる。

　でも——あの兵士たちが何人かでやって来たら？

　とても逆らえないだろう。

「ともかく……落ちつけ」

　と、自分に言い聞かせた……。

　——今も恐怖はあるが、一種開き直った久美子である。それに、ヨーロッパなどをツアコンとして散々歩き回って、しばしばどうしていいか分らない状況に陥ることもある。

それでも、とっさの判断で生きのびて来た。直感と「やけになっての行動」のおかげである。

「そうだ、——もっともっと困ったことにだって、出会（でくわ）していないわけではない。大丈夫。久美子、自信を持て！」

と、自分へ言い聞かせる。

——大方のところは想像がついていた。

政情不安定な〈R共和国〉は、共和制を取っているものの、まだ一般国民の間には王族への人気が根強い。

その後継者が、あの十三歳の少年、リカルド王子である。

母国に置いては危険だと思われたのか、それとも何か別の理由があったのか、王子は日本へやって来た。そして、ここで王子が病気になったのだ。そして高屋がここへ連れて来られた。一緒にいた久美子も。

怖かった……。今思えば、あのときよく殺されなかったものだ。ともかく、高屋は、この大使館の中で手術しろと命じられたのだった。

もちろん、高屋は拒否した。何の設備もない所で手術などできない、と。

しかし、男たちは高屋と久美子を地下へ連れて行った。駐車場よりさらに深い地下だったが、そこには〈手術室〉があったのだ。

しかし、設備だけあっても手術できるわけではない。久美子も看護師ではない。

それでも、結局銃口の前では「何とかする」しか道はなかった。

高屋は手術することを承知した。――その時点で、久美子はこの部屋へ連れて来られ、閉じこめられたのである。

果して、高屋がどうやって麻酔医や看護師を手配したのか、久美子は全く知らない。ともかく彼一人で手術できたはずがないことは確かだ。

――不安の内に一夜が明け、何時くらいだったのか分らないが、あのペテルに付き添われて高屋がここへやって来た。

「何とか済んだよ」

とだけ言った高屋は、疲れ切った様子だった。

「すまないが、君はしばらくここにいなくてはならないそうだ」

と、高屋は言った。

「しばらく、って、どのくらい？」

「よく分らないが、患者の状態次第だな」

「そんな……」

久美子としては、文句を言いたいのはもちろんだったが、そのときの高屋には答えられないだろうと分ってもいた。

そして、久美子は一人、この部屋に取り残された……。

確かに、有名な外科医が行方不明になったら世間が騒ぐだろうが、ツアーコンダクターが一人、帰って来なくても、大したニュースにもなるまい。

自分が「人質」として残されていることは分っている。その王子が、順調に回復すればいいが、もし悪化して――死ぬようなことがあったら……。

どんなことになるのか、見当がつかない。

母はきっと久美子のことを捜してくれているだろうが、まさかこんな所にいるとは思わないだろう。

窓もなく、時計もケータイも取り上げられているので、今が夜なのか昼なのかも分らない。

食事は日に三度運ばれてくるので、「たぶんこれは朝食だな」とか「夕食らしい」と思うが、それが正しいのかどうか……。

足音がした。――聞き慣れた靴音。ペテルだ。

鍵がカチャリと回って、

「――起きてるか?」

と、ペテルが顔を出す。

「いつも半分眠って、半分起きてるみたいよ」

と、久美子は言った。「今は昼なの? それとも夜なの? それぐらい教えてくれてもいいんじゃない? それも国家機密?」

ペテルは苦笑して、

「今は午後の三時ぐらいだよ」

と言った。

「日本じゃ三時にはおやつが出るのよ」

「おやつはね……。しかし、その代りといっては何だが……」

「何かくれるの？」

「ずっと閉じこめられてて、気が滅入るだろう。――ちょっと散歩に出よう」

と、ペテルは言った。


「高屋先生」

神谷との話を終えて、エレベーターを待っていると、声をかけて来たのは――。

「やあ、森君か」

麻酔科の主任をつとめる森沙紀は、四十になったばかりの女性である。

「この間は……」

と、森沙紀は言いかけて、高屋の視線に出会うと、「もちろん、分ってます。すべて忘れるって約束ですものね」

「よろしくね」

エレベーターが来て、二人は乗り込んだ。

「――でも、助かりました」

「何が？」

「あのときの百万円です。何も訊かない。その代りに百万円。――ちょうど息子の私立中学受験でお金がかかるところだったので」

「金を出したのは僕じゃない」

「分ってます」

と、森沙紀は肯いて、「奥様には話されたんですか？」

「言うもんか。あれは気にしないよ」

と、高屋は肩をすくめた。

「でも、さっき……」

「さっき?」

「奥様、タクシーに乗って、『〈R共和国〉大使館へ行って』とおっしゃってましたよ」

高屋が青ざめた。

「──本当か?」

「ええ。私、外出から帰って来たところで、正面玄関のタクシー乗場のそばを通ったんです。そしたら、ちょうど奥様がタクシーに乗り込まれるところで、『〈R共和国〉大使館へ』と──」

「家内は一人だったか?」

「いいえ、若い女の人が一緒だったようです。でも、その人は先に乗っていたので、よく見えませんでしたけど」

「分った。ありがとう」

エレベーターを出ると、高屋はケータイで妻へかけた。

しかし、いくら鳴らしても出ない。

「どうしてあいつ……」

と呟くと、高屋は急いでロッカールームへと向った。


やっぱり来たのね……。

久美子は一瞬息を止めて、ポケットに入れた手に、ボールペンを握りしめた。

「どうしたんだい?」

ペテルはちょっとふしぎそうに、「少し歩いた方が気晴らしになるかと思って……」

「ええ。そうね。散歩って、どこへ連れてってくれるの？」

「ああ、そうか。残念だけど、大使館の外へは出られない。でも、庭を歩くだけでも、少しは違うだろ？　ここの庭は結構広いよ」

「そう。――そうね」

行きたくない、と言ったらどうなるのだろう？

たちまち兵士たちがやって来て、撃ち殺される。そして、死体は庭にでも埋められるか、それとも、どこかへ運び出されて捨てられるのだ。

怪しい荷物を積んでいても、「外交官ナンバー」の車は調べられないだろう。

「どうする？」

と、ペテルが言った。「行きたくなければ無理しなくても――」

「いいえ、行くわ」

ここで死を待っているより、一か八か、やってみよう。ともかくこの部屋から出なければ、どうにもならない。

「じゃ、行きましょ」

と、久美子は言った。「あなたとの初デートね」

久美子は微笑んで見せた。

8　三つの道

　確かに、庭は結構な広さだった。

　並木道風に散歩できるように作ってあり、花壇には色とりどりの花が咲いていた。

「〈R共和国〉って、石油でも出るんですか」

と、久美子は言った。「お金ありそうですね」

「ツアーコンダクターなんだろ？　知らないのか？」

「行ったことないですもの。名前ぐらいは知ってるけど」

「国は金持なんかじゃないよ」

と、一緒に歩きながら、ペテルは言った。

「みんな貧しい。大変なんだ、生きていくだけでも」

「でも、この大使館は立派じゃない」

「うん。――王国だったころに買い取った邸宅だからね」

　ペテルの「王国だったころ」という言い方に、久美子はどこか苦々しい思いを感じた。

「ペテル。あなた、王国だったころを嫌ってるのね？　それなのに、あのリカルド王子をどうして守ってるの？」

　ペテルはすぐに答えなかった。そんなことを訊かれると思っていなかったのだろう。

「それは……上からの命令だ」

と、素気なく言った。

「命令で仕方なく?」

訊いてから、意地悪な訊き方だったかもしれない、と反省した。ペテルは公務員なのだ。命令されれば拒むことはできないだろう。

「ごめん」

と、久美子はペテルが口を開く前に言った。

「あなたに当っても仕方ないのよね」

ペテルは微妙な表情で久美子を見た。——そして足を止めた。

久美子は、ペテルを怒らせてしまったのだろうか、と思った。

まずかったか? 今、ここで殺してやろうと思わせてしまったかも……。

すると——突然、ペテルは久美子を抱き寄せてキスしたのである。

これには久美子もびっくりした。もちろん殺されるよりキスされた方がいいに決っているが、あまりに思いがけない出来事だった。

胸がときめく、という余裕はなく、ただびっくりしている内に、数秒間のキスは終っていた。

「ごめん」

と、ペテルが言った。

「——謝ってるの? それはキスしたことに? それとも、これから私を殺すことに?」

「何だって?」

ペテルは驚いたように訊き返した。

そのとき、ペテルのケータイが鳴った。ペテルは急いで出ると、二言三言、話をしてから切った。

「すまないけど、今、〈R共和国〉について話を聞きたいっていう女子大生が来ているらしい。僕に相手をしろ、ということだ」

「じゃ、部屋に戻るのね?」

と、久美子は言った。

ペテルは少しの間迷っている様子だったが、

「――一人で置いて行く」

と言った。「この庭の中なら自由にしてくれていい。逃げようとしないと約束してくれるか?」

一人になれる！　このチャンスをつかむのだ。


「いいわ、約束する。のんびり歩いてるわよ」

「信用するよ。じゃ、僕は行く」

ペテルは久美子の手を取ると、その甲に唇をつけて、駆け出して行った。

――でも、今のキスは何だったんだろう?

今になって、久美子は首をかしげるばかりだった。


応接室に、加東なつきは背筋を真直(まっす)ぐに伸して座っていた。

ソファもテーブルも、大分古びてはいるが、なかなか立派な物だった。

ドアが開いて、

「お待たせして」

と、スーツ姿の男性が入って来た。

「きれいな日本語ですね」

「ありがとう。僕はペテルといいます」

「加東なつきです。〈なつき〉と呼んで下さい」

話を聞くにも、色々身分や名前を偽っていると神経を使うが、この場合は本名だし、

「〈R共和国〉についてレポートを作ることになりまして……」

というのもあながち嘘ではない。

南久美子が行方不明になったことに、〈R共和国〉そのものが係っていたとしたら、その国について、色々知っておくことも必要だろう。

「わが国について関心を持って下さったことは大変ありがたいです」

と、ペテルは言った。「観光地として美しい場所も色々ありますし、世界で活躍しているアーティストにも、〈R共和国〉出身者や、血縁のある人が少なくないのですよ」

「そうですか」

「お待ち下さい」

ペテルが席を立つと、「わが国についてのパンフレットがあります。他にも歴史的な資料などども。今、持って来ましょう」

と、応接室を出て行った。

なつきは、確かに「お金持のお嬢様」ではあるが、それなりに勉強もしているし、何より海外へも旅して、英語はできる。

今のペテルの態度に、カチンと来ていた。

「私を学校で宿題を出された小学生ぐらいに思ってるのね」

カラー写真が一杯載った〈名所案内〉なんかもらって帰るわけにゃいかないんだ！

なつきは応接室の隅の方に押し付けられた古い戸棚を開けてみた。

大分古ぼけた感じのファイルが積んである。こんな所、開けることもないのだろう。ずいぶん埃（ほこり）がたまっていた。

二、三冊のファイルをめくってみると、〈R共和国〉についての、海外の新聞や雑誌の切り抜きらしいものがスクラップしてある。

ほとんどは英文だが、他にフランス語、ドイツ語、そしてロシア語もあった。

なつきは、ここへ来る前、一応〈R共和国〉について少し調べていた。

今の政権は〈共和国〉と名のっているものの、前の王政からクーデターで政権を奪っていた。

それは国民の求めたものとは違っていて、事実上、軍事独裁の政権だったのである。

今、大統領はビショップという将軍で、国内ではTVも新聞も、自由な言論は認められず、政権に批判的な人間は次々に逮捕されている。

西欧諸国からは度々非難されているようだが、ビショップ大統領は全く意に介さない。

「うまみ」のある商売を求めて、日本を初め、各国の企業が、今の政権を支えているのだ。

ちょっと調べただけでも、色々〈R共和国〉

のあらが見えてくる。

しかし、一方で、国民の間ではかつての王族への尊敬の念が今でも根強くあり、ビショップ大統領は王族を利用することも考えている……。

「ああ……」

ファイルの一つからパラパラと数枚の写真が落ちた。――ペテルが戻ってくるかもしれない。

なつきはファイルを元に戻し、落ちた写真はポケットへ入れて、ソファに戻った。

いいタイミングで、ペテロが色々パンフレットを抱えて入って来ると、

「――これを見てもらえれば、わが国について大体のところは分ってもらえるでしょう」

テーブルに置かれた、カラフルなパンフレットをチラッと見てから、

「ペテルさん」

と、なつきは座り直して、「私は大学生です。小学生や中学生の夏休みの宿題を出すわけじゃありません」

ペテルがちょっと戸惑ったようになつきを見る。なつきは続けて、

「〈R共和国〉の政治状況や、言論の自由について、どうなっているのか、そういう点を伺いたいのです」

ペテルは表情をこわばらせて、なつきを眺めたが――。

やがて、ソファに座り直し、表情を緩めて、笑顔になった。

「いや、失礼しました」

と、ペテルは言った。「こんな可愛いお嬢さんからそういうお話が出ようとは思わなかったので」

「そうでしょうね」

「頭のいい方のようだ。しかし、それなら、今、共和国の公務員である私に、どう答えられるか、見当がつくでしょう」

「確かに」

と、なつきは肯いて、「でも、あなたも一人の市民として、考えていることがあるでしょう？　それを聞かせてほしいんです」

「いや、それは……できません」

と、真剣な顔でペテルは言った。

「言えば、ご自分の身に、あるいはご家族に危険が及ぶ、と？」

「そんなことは……」

なつきも、本当ならこんな話をしに来たわけじゃない。あくまで「探偵助手」なのだから。

しかし、話をしている相手のペテルが、いい加減な話でごまかすのでなく、本気で話しているのが分ると、ついなつきも真正面から話してしまう。

「それじゃ、この点はどうですか？　〈R共和国〉は前の王制を倒して政権を取ったわけですね。でも、排除されたはずの王族の何人かは海外へ逃れましたが、何人かは国に残ったと聞いています。事実ですか？」

「それは……」

ペテルは答えに詰った。

立場上は否定しなくてはならないのだろう。しかし、その事実はすでに海外メディアが報道していたし、政府も否定していなかった。

といって肯定もしていなかったのだ。ペテルのような立場では迷うだろう。もちろん相手は女子大生である。

怒鳴って帰らせてもいいのだろうが、そうできない気持を持ち合せているようだった。

そのとき、ペテルのケータイが鳴って、ホッとしたように、

「失礼」

と、立ち上って、「――もしもし。――え?

何ですって? 奥さんがここへ?」

急いで廊下へ出て行くが、あわてているので、ドアはちゃんと閉っていなかった。

「しかし、先生、どうしてここのことを奥さんが――」

「先生」というのは、高屋医師のことだろうと、なつきは察した。でも、その奥さんがどうして……。

まさか、亜由美が出まかせを言ったせいだとは思ってもみなかったが、なつきは、ドアの所へ行って、ペテルが、

「いや、それは何とかします。しかし、どういうことです? あなたが黙っていたのなら他に……」

ペテルは足早に行ってしまった。なつきの相手をするどころじゃないのだろう。そして、

「タクシーを中へ入れるな！」

というペテルの叫び声（英語だった）が聞こえて来た。

「結局、中へ入れてもらえなかった」

と、亜由美は言った。

「やることが乱暴だね」

と、聡子が呆れたように、「大使の娘ってどういうこと？」

「大使の隠し子ってことよ。いたっておかしくないでしょ」

「先生にはかないません」

と、なつきが言った。

「『先生』はやめてよ。『亜由美』で結構」

「ワン」

「ドン・ファンは、それしか言えないものね」

ドン・ファンが、抗議するように、

「ウォー、クーン、キャンキャン！」

と、色んな声を出してみせた……。

なつきも、あの騒ぎで大使館から出されてしまった。

今、あの〈探偵事務所〉に集まっているところである。

「コーヒーの一杯ぐらい出そうでしたけど」

と、なつきは言った。「でも、応待してくれた人は、とても誠実な感じでしたよ。ペテルと

かいう名の……」

　みんなで、買って来たドーナッツをつまんでいた。

「でも、あの高屋って医者は、南久美子さんがどこにいるか明らかに知ってる」

　と、亜由美は言った。「あの大使館の中のどこかでしょうね、まず」

「大使館の中を捜索するって難しいでしょうね」

　と、なつきが言った。「でも、私、あのペテルって人の名刺もらって来ました。ケータイ番号入ってるんで、デートに誘おうかと……」

「危いんじゃない？　――いい男？」

　と、聡子が言った。「私、代りに行ってもいいけど」

「あ、手がベタベタ」

　ドーナッツを食べ終って、ウエットティシューで、なつきは指を拭いたが――。

「そうだ！　忘れてた」

「どうしたの？」

「あの応接室の戸棚から、写真を何枚かもらって来たんです」

　と、ポケットから出して、テーブルに並べた。

「偉そうにしてるナポレオンみたいなのは誰？」

「今の大統領ですよ。ビショップっていって、将軍ですから、軍服に勲章一杯ぶら下げてますね」

そのポートレート風の一枚を除くと、他は見知らぬ顔のスナップで、

「この女の人、大統領夫人らしいね」

と、亜由美が言って、「――これ、日本人じゃない?」

数人がパーティ会場にいるようなスナップで、一人はビショップだった。そして、その後ろから顔を出しているのは、どうやら日本人らしく……。

「え?」

亜由美は目をみはった。「ちょっと、この人……」

「知り合い?」

「もしかすると……」


亜由美はその写真をケータイで撮って、メールに添付して送った。

「亜由美、それって――」

「待って。きっと向うからかかってくる」

数分としない内に、ケータイが鳴った。

「もしもし、塚川さん?」

「元木さんですね。メールの写真、見ていただけました?」

「見ました。あれは主人です」

「やっぱりそうですか」

聡子となつきがびっくりして、

「まさか――」

「ここに写ってるの、デパートで殺された、あの元木周治さんよ」

と、亜由美は言った。

「間違いありません」

と、元木尚子が言った。「この写真はどこで?」

「〈R共和国〉の大使館にあったんです。久美子さんもそこにいるんじゃないかと思います」

「ああ!　でも、どうして主人が……」

「しかも、一緒に写っているのは、〈R共和国〉の大統領です。奥さん、ご主人から、〈R共和国〉の話を聞いたことは?」

「ありません。大体、主人の勤めてた会社は、外国との付合いなんかなかったはずです」

「そこをリストラされてたんですよね」

「ええ。失業中でした」

「でも、この写真から見て、ご主人は〈R共和国〉と何か係りがあったんですよ」

「そのせいで、久美子も?」

「それは分りませんけど」

一旦、通話を切ると、亜由美は、

「もう一度、あの医者に会いましょ。それしかないわ」

と言った。

「先生。——亜由美さん」

と、なつきが言い直して、「私、あの大使館へ行く前に、一応〈R共和国〉に関する情報をネットで当ってみたんです」

「何かあった?」

「気になったニュースが。〈R共和国〉のリカルドという王子が、病気治療のために日本に来ているってことです」

「何の病気かは？」

「そこまでは出ていません」

「でも、そこに高屋医師か。怪しいわね」

と、亜由美は言った。「何とかして、あの医者を引張り出してやる」

「私は、ペテルと連絡を取ってみます」

と、なつきは言った。

「デート？　気を付けてね」

と、亜由美が言うと、

「ワン！」

と、ドン・ファンが吠えた。

「ドン・ファンが監視役について行くと言ってるわ」


やはり、いないか……。

ペテルは、庭園から建物の中へ戻って来た。

庭の中を捜し回ったのだが、南久美子の姿はどこにもなかった。

高屋医師の夫人は、何とか追い返すことに成功したが、そのどさくさの中、久美子は逃亡したのかもしれない。

彼女を散歩に連れ出した責任を問われるかもしれない。――その覚悟はできていた。

久美子を閉じ込めていた部屋へやって来ると、ペテルはドアを開けて――。

ベッドに腰かけている久美子を見て、目を見開いた。

「しばらく外に出てなかったせいか、疲れちゃったの」

と、久美子は言った。「何かトラブルがあったの？」

「まあ……確かに」

と、ペテルは肯いて、「しかし、君は……」

「私がここへ戻らないと、あなた叱られるでしょ？」

と、久美子は微笑んで、「それじゃ可哀そうだものね」

「ありがとう」

と、ペテルは言って、中へ入って来るとドアを閉めた。

「開けていた方がいいんじゃない？」

と、久美子がドアを指して、「中で何してるのか、疑われるわよ」

「構わない」

ペテルは大股に久美子へ歩み寄ると、抱きすくめて、熱くキスした。

久美子は拒まなかったが、

「――まずくない？　人質とこんなことして」

「君がいやだというなら……」

「いやとは言わないけど……。私は高屋先生と――」

「分ってる。しかし、彼には妻がいるだろ」

「あなたには？」

「僕は独身だ」

ベッドに横になった久美子の上に、ペテルは静かに体を預けて来たが――。

「ペテル！」

ドアの外で声がして、ペテルは飛び起きた。

「いるのか？」

「はい！」

ペテルが急いでドアを開けた。

「今日のことを、大使に報告しておけ」

と、ペテルの上司らしい男は英語で言った。

「かしこまりました」

「今日は診察があるのだろう？」

「今夜、おそらく」

「王子の体調はどうだ？」

「今のところ、順調に回復しています」


「よし、高屋の相手はたのむぞ」

――上司が行ってしまうと、

「また来てもいいか？」

と、ペテルが訊いた。

9 出国

寝入りばなだった。

ドアをせわしなく叩く音がして、

「起きてくれ」

と、ペテルの声がした。

「何なの？」

久美子は目をこすりながら、パジャマ姿でベッドから出た。

鍵が回り、ドアが開く。

「ペテル。どうかしたの？」


一度キスして、「また来たい」と言ったペテルだったが、いくら何でも、寝てるところを叩き起こして、もう一度キスさせろとは言わないだろう。

「すまないが、一緒に来てくれ」

「どこへ？」

「王子が君に会いたがってる」

「リカルドさんが？　どうして私に？」

と、面食らっていると、

「これから高屋先生が診察に来るんだ。君にそばにいてほしいと」

「じゃあ……。少し待って。パジャマじゃ、いくら何でも――」

「分った。急いでくれ」

「はいはい」

眠いので、つい面倒くさそうに言ってしまった。

ザッと顔を洗って目を覚ますと、久美子は手早く服を着て、ドアを開けた。

「来てくれ」

「目隠ししなくていいの？」

「必要ないさ」

「それもそうね。庭から一人でここに戻ったんだもの」

久美子はペテルについて歩いて行った。

ペテルのケータイが鳴った。

「――もう着いた？　分った」

ペテルは英語で言うと、「高屋先生の車がもう駐車場に。迎えに行って、一緒に王子の所へ行こう」

エレベーターで地階へ下りると、駐車場に高屋のベンツが停ったところだった。

「――先生、どうも」

と、ペテルは言ったが、「――そちらは？」

「先生の秘書です」

と言ったのは、亜由美だった。


「先生……」

と、久美子が言った。

「すまないね。大丈夫か？」

「ええ、でも、いつまで私……」

「その話は後で」

と、ペテルは言った。「王子がお待ちです」

南久美子だ。――亜由美は、ともかく久美子が元気そうにしているのを見てホッとしていた。王子を待たせているというので、ペテルという男は焦っていた。

亜由美は高屋とじっくり話をして、事情を訊き出していた。そして、今夜、問題の王子の診察をするというので、半ば強引について来たのである。

「――先生(ドクター)だ」

と、ペテルが廊下の兵士に言った。

ドアが開けられると、明るい照明の下、病室とは思えない広々とした部屋があった。

いや、もともと病室ではないのだろう。

奥のベッドで、王子リカルドが手を振った。

「お元気そうだ」

と、高屋がホッとした様子で、「診察をするので、その仕切りを」

ベッドの手前に布の仕切りが持って来られ、高屋一人が、王子のベッドのそばに行った。

ペテルがケータイで何やら連絡を取っている。

亜由美は、久美子のそばへ少し寄って行くと、小声で、

「久美子さん」

と言った。あなたのこと、お姉さんが心配しておいでですよ」

「姉が――」

「頼まれてあなたを捜してたんです。お姉さん

と、それから高屋秀輝さんにも」

「秀輝君？　まあ……」

「リカルド王子が回復すれば、帰してくれるんでしょう？」

「それが……」

久美子は、リカルド王子から言われたことと——「散歩に誘われたら殺される」という話を、そっと亜由美に伝えた。

ペテルが自国語で話しているので、久美子にも内容は分らなかったが、その口調が少しずつ緊張したものになっているように感じられて、久美子は不安になった。

「——何かあったのかしら」

「言ってる内容は分らないけど、何だかあんまりいい雰囲気じゃないですね」

高屋が、王子と英語で話しているのが聞こえた。

「——もう心配ない、と言ってるわ」

と、久美子が言った。「これで帰してもらえるといいけど」

「強引に出てしまいましょう。高屋先生が一緒ですから」

と、亜由美が言った。

高屋が仕切りを押しやって、出てくると、

「もう大丈夫だ」

と言った。「久美子、すまん」

「いえ、いいの。——でも、こんな所で、よく手術できたわね」

「冷汗ものだったよ」

と、高屋が苦笑した。

ペテルがケータイをポケットへ入れると、

「先生。王子の具合は……」

「もう心配いらないよ」

「そうですか」

と、ペテルは言ったが、表情は重苦しかった。

「どうかしたのか？」

「先生、王子を飛行機に乗せても大丈夫でしょうか？」

「飛行機に？　それは――長時間ということかね？」

「ええ。十何時間か」

「そうだね。よほど揺れたりすれば、ちょっと不安だが、普通のフライトなら大丈夫だろう」

と、高屋は言った。「近々どこかへ？」

「もしかすると――」

と言いかけたとき、また、ペテルのポケットでケータイが鳴った。「――ヤア！」

向うの話を聞いていたペテルの顔が青ざめた。

亜由美たちが顔を見合せていると、ペテルが通話を切って、

「すぐに出国しないと」

と言った。

「出国？　王子を連れて？」

と、久美子が言った。「すぐにと言っても――」

「手続きってものがあるでしょ」

と、亜由美は言った。

「いや、〈R共和国〉は自国の専用機を持っている。今、パイロットが空港に向っているんだ」

ペテルが部屋の外にいる兵士たちへ何か怒鳴った。

兵士が二人入ってくると、銃口を亜由美たちへ向けた。

「ペテル、まさか私たちを――」

と、久美子が目を見開いて言った。「射殺するつもり？」

「違う。ともかく置いていけないんだ。空港までみんな同行してもらう」

「そんな……」

しかし、銃口の前では抗議するといっても……。

やむを得ず、亜由美と久美子、高屋の三人はそのまま駐車場へ連れて行かれ、大型の外車に乗せられた。

「どこへ行くの、空港って？」

と、亜由美が訊いても、兵士には通じない。

「きっと強引に飛び立つつもりだな」

と、高屋が言った。

「そんなことできるの？」

「外国の王子が乗っていれば、まさか撃ち落すわけにもいかないだろ。その気になれば……」

「どこへでも飛んでってほしい」

と、久美子が言った。「ともかく、それでこっちが自由になれるんだったら、ありがたいわ」

一体、どこをどう入ったものか、車が停って促され、降りてみると、そこは空港の建物の前だった。

ただし、見慣れた出発ターミナルとか、パスポートコントロールのビルではなく、空港で働く人間のための建物らしかった。

「――ここで待っていてくれ」

ペテルが、何だか殺風景な、会議室のような部屋に、亜由美たちを入れて、急ぎ足で行ってしまった。

「この時間は、空港が閉ってるだろう」

と、高屋が言った。「どうするつもりなのかな」

――亜由美には、いやな予感がしていた。

ここで、

「ご苦労様でした」

と帰してくれる――とは思えなかったのである。

もしかすると、どこか空港の隅の方へ連れて行かれ、一斉射撃で殺されるのではないか。

今まで色々な事件に係って来た経験から、亜由美は、

「常に最悪の状況を想定しておくべき」

という学びを得ていたのである。

亜由美は母のケータイへ、

〈お母さん。長い間お世話になりました〉

という遺言状（?）をメールした。

さらに、殿永へ、

〈私は今、空港の一室で銃殺されるのを待っています〉

と、メールした。

さらにドン・ファンあてに、

〈助けに来てね！　信じてるよ！〉

と、メールしたが、通じたかどうか……。

四十五分ほどたったとき、ドアが開いて、

「お待たせしました」

と、ペテルが入って来た。

ひどい汗をかいている。息を切らして、よほど空港内を走り回っていたに違いない。

「どうなってるの？」

と、久美子が訊いたが、ペテルは、

「ついて来て下さい」

とだけ言った。

仕方ない。——亜由美、久美子、高屋の三人は、恐ろしく速足で歩くペテルについて行くので精一杯だった。

そして——気が付くと、外へ出ていた。

外——そこは滑走路に続く広い場所で、目の前には大型のジェット旅客機があった。

「え……」

と、久美子はポカンとして、「ペテル、この飛行機……」

「〈R共和国〉の持物だよ」

「でも……」

機体にはタラップが寄せられ、機の扉が開いていた。

「リカルド王子はもう乗り込んでおられる」

と、ペテルは言った。

「じゃ、ここでお別れするってことね」

ペテルはちょっと息をついて、

「いや」

と言った。「君たちにも同行してもらう」

――これは夢？

そう自問している間に、亜由美は他の二人と共に、タラップを上って、機内へ入っていた。

もちろん、背後には兵士の銃口が控えていたのである。


「急いで離陸する」

と、ペテルは言った。

「どういうことだ！」

と、高屋がやっと我に返ったという様子で言った。

「王子の健康には、まだ先生は必要です」

と、ペテルは言った。

「でも私は……」

と、久美子が言いかけると、ペテルは、

「君には、ぜひ一緒に〈R共和国〉へ行ってほしかった」

と言った。

「――じゃ、私は？」

と、亜由美が言うと、ペテルはちょっと黙っ

ていたが、

「席について！　シートベルトをして下さい！」

と、指示したのだった。

何よ！　私はどうでもいいってわけね！

頭に来た亜由美ではあったが、

「それじゃ、途中で降りて下さい」

と、一万メートル上空から突き落とされるよりは、おとなしくシートベルトをして座っている方がましであると判断することにしたのだった。

ともかく、十五分後、機内アナウンスもなく、ウエルカムドリンクも出ないまま、機は飛び立ったのだった。


「——どこへ行くの？」

と、久美子は訊いた。

「とりあえず、ドイツだ」

「とりあえず」の後の「ドイツ」は、「とりあえず銀座」という感じの口調で言われたので、

「あ、そう」

と、亜由美はつい肯いてしまったのだった
……。

10 混沌（こんとん）

映画やＴＶドラマじゃないのだから、まあ現実はこんなものかもしれないが、それにしても……。

許可もなく強引に飛び立った飛行機が、一時間ほどして安定飛行に入ると、ペテルが客席へやって来て、

「びっくりさせて申し訳ない」

と言った。

「何がどうなってるの？　説明してちょうだい！」

と、久美子が言うのを聞いて、亜由美は、

「この二人、ただの仲じゃないわね」と気付いた。

銃を持った兵士が何人もいるのに、ペテルに向って、こんな口がきけるのは、久美子がペテルを怖がっていないからだろう。

「その前に、謝っておかなければならないことが、もう一つある」

と、ペテルが言った。「ともかく大急ぎで出発したので、食べものや飲みものを何も積んでいない」

それどころじゃ、と亜由美は思ったが、考えてみれば、ドイツまで十何時間かかるのだ。

その間、飲まず食わず?

「いっそ言ってくれなかった方が……。お腹空いて来ちゃった」

と、つい口に出すと、久美子と高屋が笑った。

亜由美の発言は、図らずもこの場の空気を和ませたようだった。

「フランクフルトに着いたら、すぐ空港内で食事できるように手配しておく」

と、ペテルは約束した。「そして、今回のことだが、〈R共和国〉で大きな政変が起っていると連絡が入った」

「それで王子を?」

「うん。リカルド王子は、今〈R共和国〉に残っている王族の中で、唯一人の男子なんだ」

「それで急いで帰国を?」

「今の政権が王族の人たちをどうするか分らないからね」

「でも……」

と、亜由美は少し考えて、「それって、王子にとって、いい方向に変ってるわけですか?」

「いや、それは分らない」

「え?」

と、久美子が目を丸くして、「分らないって……」

「政変が起きたということしか分ってないんだ」

「妙な話だね」

と、高屋が言った。「それなら、状況がはっきりするまで日本にいた方がいいんじゃないのか？」

「そう言われるのはもっともです」

と、ペテルは肯いて、「しかし、王子が国にいないことは、国内では秘密にされています。国民は王子が自分たちと一緒にいる、と信じているのです」

「それで——」

「国がどうなっているか、ドイツに着けばはっきりすると思う。ともかく——そういうことなんだ」

そんな無責任な、と言おうとして、亜由美はやめておいた。

このペテルに文句を言ったところで始まらない。今はともかく一刻も早くドイツに着いてほしいと願う亜由美だった。

十何時間も飲まず食わずで……。

生きてドイツに着けるかしら？

亜由美はそう心配していたのだが、実際には、その内の六時間以上、ぐっすり眠ってしまったので、思ったよりドイツは近かった！

「——もうじきフランクフルトに着くよ」

と、ペテルが言いに来た。

そして、その後ろにリカルド王子が立っていた。

「大変な思いをさせてしまって、申し訳ない」

王子の言葉を、ペテルが通訳した。

「向うに着いたら、できるだけ速かに日本へ帰れるようにしたいと願っている」

——願っている、か。政治家がこういうことを言うときは、たいていろくなことにならないが……。

亜由美がその言葉を信じなかったのは、空腹だったせいもあるかもしれない。

——深夜に日本を発って、十二時間ほど。

日本では午後の三時ごろのはずだが、

「時差がマイナス八時間なので、こちらは朝ですね」

と、久美子が言った。

着陸したフランクフルトの空港は、やたら広くて、人が忙しく行き来している。

しかし、もちろん亜由美たちはパスポートなど持っていないので、前もってペテルが手を打っていたのだろう、特別の通路で、いつの間にか空港のロビーに出ていた。

リカルド王子は、あまり目立たない上着とズボンで、亜由美たちと顔を合せると、英語で謝っていた。

「——VIPルームで、食事が用意してあります」

と、ペテルは言った。

案内されたのは、応接室のような作りの部屋で、テーブルにはサンドイッチが用意されていて、亜由美のお腹が、それを見たとたんグーッと鳴った。

「――食事されてる間に、今後どうしたらいいか、相談して来ます」

と言って、ペテルは出て行った。

ともかく、今の亜由美は、目の前のサンドイッチにしか関心がなかった。

もちろん、お腹が空いていたのは、みんな同じ。大皿に、かなり山盛りになっていたサンドイッチは、アッという間に姿を消した。

――食べ終えて、四人がひと息ついていると、王子が久美子に向って何か言い出した。

亜由美も大学生である。それがドイツ語であることは分った。しかし、内容はもちろん分らなかった。

二人の話に、高屋も加わった。どうやら、久美子ほどではないが、ドイツ語も大体は分るようで、じっと王子の話に聞き入っていた。

フン、何よ。――亜由美としては、自分だけが話の中身が分らないわけで、面白くなかった。

しかも、話しているリカルド王子も、聞いている久美子と高屋も、かなり深刻な様子だったのだ。

「――どうする?」

と、王子の話が一旦途切れると、高屋が久美子に言った。

「そうですね……。今のお話だと、どっちにしても私たちにとっては安全とは言えないようなあ……」

「といって、ここで逃げてもな……」

亜由美が咳払いすると、久美子が、

「そうね。亜由美さんも直接関係ないのに、権力闘争に巻き込まれて、大変よね」

「はあ……」

「亜由美さんはどうしたらいいと思う?」

久美子が嫌味で訊いているとは思わなかったが――。

「久美子、この人はドイツ語が――」

「あ、ごめんなさい! てっきり分ってるとばかり」

「すみません、頭悪いもんで」

亜由美もそこまで言わなくても、というところである。久美子があわてて、

「そんなこと! でも、亜由美さんは性格がいいみたいだわ」

亜由美としては、よけいに傷つきそうではあったが、ろくに知らない相手なのだから仕方ない。

「で、王子の話はどうだったんですか?」

と、亜由美は訊いた。

「それがね」

と、久美子は言った。「今から王政には戻らないだろうって。ただ、軍部が権力を握っていても、反対派が取ってかわるにしても、王族への人気は一部に根強くあるって」

「じゃ、王子は大丈夫じゃないですか」

「でも、王子はもし軍部に利用されるくらいなら、国民の側に立って、殺されてもいいっておっ

っしゃってるの」

「そうですか……」

しかし、亜由美は実際に〈R共和国〉がどうなっているのか、知っているわけじゃない。差し当りは、

「で、私たちはどうなるんですか？」

と言った。

「だから、王子としては——」

と、久美子が言いかけたとき、ドアが開いて、ペテルが入って来た。

「ペテル、どうしたの？」

と、久美子が訊いた。

ペテルは青ざめていた。額に汗が光っている。

「すまない。色々、あちこちとの交渉に手間取ってね」

と、ペテルは言った。「ビショップ大統領が、王子と話したいと言っている。君たちはここにいてくれ」

「そう……」

ペテルが王子に何か言うと、王子は肯いて、立ち上ると、久美子に微笑みかけて、

「サンポ——してくるよ」

と、日本語で言った。

ペテルと王子が出て行くと、少し沈黙があった。

「——日本語でしたね」

と、亜由美が言った。

「ええ。憶えたんだわ」

「でも、どうしてわざわざ――」

と言いかけて、亜由美は、「『散歩しようって言われたら、殺される』って話じゃなかった?」

「――そうだ」

と、高屋は言った。「王子はたぶん――殺される」

「そんな……」

「ペテルって人、青くなって汗かいてたわね。私、これまでああいう人、何度も見て来た。良心の咎(とが)めるようなことをしようってときにああいう風になる」

亜由美には経験からくる自信があった。

「でも、ペテルが……」

「いや、彼も公務員だよ。命令されれば、どんなに気が進まなくても……」

三人は顔を見合せたが――。

「でも、どうしたら」

と、久美子が首を振って言った。

「だめね! 年上でしょ! しっかりしなさいよ!」

突然、亜由美は机を叩いて言った。生きるか死ぬかの状況には慣れている!

「ここで何もしないで、王子が殺されたら、私たちはどうなる?」

「うん。我々も口を封じられるかもしれん」

と、高屋が言った。

「じゃ、じっと殺されるのを待つか、それとも行動するかよ!」

「行動って？」

「決ってるでしょ！　王子を助けて、逃げる！」

亜由美の言葉に久美子は啞然として、

「そんなこと、できる？」

「できるかどうかなんて考えてる暇があったら行動するの！　あなたツアーコンダクターでしょ。この空港の中は分ってるでしょ」

「それはもう。年中使ってるから、どこだって分る」

「逃げ道を考えて！　行くわよ！」

亜由美の勢いに押されて、他の二人もあわてて立つと、部屋を飛び出した。

廊下を駆けて行くと、エレベーターがちょうど開いて、王子とペテルが二人の兵士に挟まれて乗るところだった。

「ペテル！」

ペテルがびっくりして、

「君たち――」

亜由美はエレベーターに飛び込むと、ペテルをエレベーターの外へ突き飛ばした。久美子と高屋が二人の兵士を引張り出す。

そして王子と三人はエレベーターに残って扉を閉じた。

「〈B1〉へ！」

と、久美子がボタンを押す。「外へ出られるわ」

扉が開くと、ちょうど目の前を、空港の中を巡回している車が通りかかった。

「ストップ！」

　これぐらいはドイツ語でなくても通じるだろう、と亜由美は車の前に飛び出して停めた。

　目を丸くしている作業服の運転していた男性に、

「プリーズ、ヘルプミー！　殺されそうなの！　車、ギブミー」

　無茶苦茶な頼み方だったが、相手は、「変な奴の相手をしていると危い」と思ったのか、車を降りた。

　三人が乗り込んで、ともかく高屋がハンドルを握って車は走り出した。

11　逃走

ケータイが鳴った。

本当なら、殺人事件の現場ではケータイが鳴っても出ないものだ。仕事上の電話ならともかく。

しかし、この場合は、出ないわけにいかなかった。

「――はい、殿永です」

「殿永さん？　塚川清美ですけどね」

「どうも。あの――」


急ぎでなければ、後でこちらから、と言おうとしたものの、清美は殿永が今、どこでどうしているか、まるで気にとめてない感じで、

「すぐに亜由美を助けに行って下さい」

と言ったのである。

「は？」

突飛なことには慣れている殿永だが、さすがにそれではわけが分らず、「あの――助けに行け、とおっしゃったんですか？」

「耳、遠くなりました？」

「いや、そういうわけでは――」

「じゃ、すぐに亜由美を救出に行って下さい」

いつもと少しも変らない口調で言うのが、清美らしいところだ。

「亜由美さんがどうかしたんですか?」

と、殿永は言った。「今、ちょっと殺人現場に来ておりまして。後ほどこちらから連絡をさし上げるということでは——」

「だめです」

と、清美は即座に言った。「すぐ、救出に向って下さい」

「そうですか。しかし……亜由美さんは今どこに?」

「ドイツです」

「ドイツ? 外国のドイツですか?」

「『どこのどいつ』ではありません」

わけが分らなかったが、清美はいつもこういう風だと分っていたので、

「で、どういう状況で?」

と、ともかく話を聞こうと思った。

「私もよく知りません」

「は……」

「ですが、亜由美から遺言と思われるメールが来ています」

「遺言?」

「〈長い間お世話になりました〉という。あの子がこんなことを言うのは、まともではありません」

「それは確かに。しかし……」

「他にもメールが。でも電池が切れそうだということで、かけても出ません」

「そのメールというのは?」

「一つは、元木周治は〈R共和国〉のスパイだったらしいと」

「何ですって？　あのデパートで殺された……」

「そして、〈なつきちゃんに訊いて〉とあります」

「分りました。あの父親がやはり何かやっているんですね」

「で、最後のメールは〈今、ロマンチック街道を逃げてる。殺されたらドン・ファンをよろしく〉ってあって、終りです」

「なるほど。それは――」

「ね？　ただごとじゃないでしょ？　殿永さんには、あの子を救う義務があります」

「同感です。これまで散々お世話になりましたから」

「ではよろしく」

「あの――清美さんはドイツへ行かれますか？」

「いえ、私は家で祈っております」

「了解しました」

殿永は、かなり強引だったが、事件の担当を代ってもらい、それから加東邸へと向った。

殿永の車が加東邸の門の近くで停ると、すぐそこにポルシェが走って来て停った。

「あ、殿永さんですね」

と、ポルシェから加東なつきが声をかけた。

「やあ、どうも。今日、お父さんは？」

「いると思いますけど。今、門を開けます」

ポルシェと殿永の中古車は正面玄関へつけた。

「――ええ、私が写真を見付たんです。〈R共和国〉大使館の戸棚から」

玄関を上りながら、なつきは言った。

「しかし、リストラされたというのは嘘だったのですね」

「父に訊いてみます。あの駅前で私が配ったチラシ、父が作ったんですもの。きっと父は、何か知ってると思うんです」

居間へ入ると、時枝がお茶を運んで来る。

「ね、お父さんを呼んで来て」

と、なつきが言うと、

「旦那様はいらっしゃいません」

「え？　じゃ、どこかに出かけた？　珍しい」

「ドイツに行かれました」

と、時枝は平然として言った。

「ドイツへ？　そんなこと、ひと言も言ってなかったわ」

「そう言っておいてくれ、とおっしゃって」

「時枝さん、お父さんは〈R共和国〉って国と何か関係があったの？」

時枝は少したためらってから、

「〈R共和国〉の銀行には、このお宅の財産の大部分をお預けになっているようです」

「知らなかった！」

と、なつきが目を丸くした。

そこへ、聡子とドン・ファンもやって来たのである。

「だって、ドン・ファンあてに、変なメールをよこして」

と、聡子は言った。

「じゃ、時枝さん、ここへやって来た元木って人を知っていたのね？」

時枝は初めて当惑したように、

「旦那様から、『お前となつきは何も知らない。いいな』と言われておりましたので」

「ドイツのどこへ？」

と、殿永は訊いた。

「ローテンブルグと伺っております」

「ロマンチック街道の町ですね」

と、殿永は言った。「そこで亜由美さんは誰かに追われているようです」

「相変らず、そんなこと……」

「ワン」

と、ドン・ファンが吠えた。

「〈R共和国〉では、現政権と対立する勢力の間に争いが起っているようです」

と、殿永は言った。「もしかすると、亜由美さんはそれに巻き込まれているのかもしれません」

「こりない奴」

と、聡子はため息をついたが、「でも、放っとくわけにも……。といって、助けに行くにはちょっと遠いよね」

「現地の警察に連絡して、協力を依頼しようと思います」

　と、殿永は言った。「ただ、話があまりにも曖昧で、それをどうドイツ語で説明するかということになると……」

　数秒間、みんなが沈黙した。——あわや、亜由美が見捨てられるかと思われた数秒だったが、その沈黙を破ったのは、

「ウォーン！」

　という、いつになく勇ましい、狼（おおかみ）の遠吠えのような、ドン・ファンのひと声だった。

「そうですよ！」

　と、なつきが立ち上って、「人の手を借りるのでなく、私たち自身の手で、亜由美先生を救いに行きましょう！」

「じゃ、飛行機を予約して——」

　と、聡子が言いかけると、

「予約しなくたって」

　と、なつきは言った。「一機チャーターしましょう。大したお金じゃないですよ」

　なつきは即座にケータイを手にすると、「航空会社の会長の孫が私に恋してるんです！　何とかさせます」

　聡子が愕然（がくぜん）として、

「色々、つてって持ってるもんなのね、お金持って」

　と言った……。

「ミュンヘンまで行けば」

と、久美子は言った。「王子を支援してる人たちのグループがあるんですって」

「あてになるのかな」

ハンドルを握っているのは高屋である。フランクフルトでレンタカーを借りて、一路ロマンチック街道を南下している。

「王子の話だと、以前王宮に仕えていた人たちが〈R共和国〉から逃げて来ているんですって」

「なるほど」

「ここ、ロマンチック街道？」

亜由美は車の外の風景をキョロキョロと眺めていた。

「まだ半分くらい」

と、久美子が言った。「日本の観光客のドイツ一の観光スポットだから、私はいやになるくらい通ってる」

「でも追いかける方も分ってるんじゃないですか？」

「すぐに分るかどうかはともかく、いずれ追って来るだろうな」

「それじゃ――」

「でも、この途中では手出しできないと思うわ」

と、久美子が言った。「ともかく、一年中観光客の絶えない町ですからね。下手(へた)なことはできない」

「あ、そうか」

確かに、車を走らせていても、やたらに何台も観光客を乗せた大型バスを見かける。

「もうじきローテンブルグだわ」

と、久美子が言った。「ロマンチック街道一番の名所よ」

時間があったら観光したい、と亜由美は思ったが、今はそんなこと、言っていられない。

「ローテンブルグで一泊しよう」

と、高屋は言った。

「え？　大丈夫ですか、そんな呑気なことしてて」

「王子が疲れてる」

と、高屋は言った。「ずっと眠ってるだろう。手術後で、体力が落ちているし、飛行機で長時間飛んで来たせいもある」

「そうね。――脈はしっかりしてるけど」

と、久美子が王子の手首を取って言った。

「飛行機では、気圧が地上とは違う。それは体に負担になるんだ」

と、高屋は言った。「どこか見付かりにくいホテルを捜そう」

正直、お腹も空いていて、亜由美としてもありがたかった。

しかし、ペテルたちはやはりこのルートを追って来ているのだろうか？

「ケータイの充電したいわ」

と、亜由美は言った。「日本から助けに来てくれるかもしれない」

「それって、希望的観測？」

「本音です。うちの番犬、ドン・ファンは私を裏切らないので」

　言いながら、自信はなかったが。

「その角を曲って」

　と、久美子が言った。「ほとんどの人が知らない、田舎（いなか）風のレストランがあるの。ツアーコンダクターの間では有名」

「いいですね！」

　と、亜由美の声は弾んだ。

　細い脇道を辿（たど）って行くと、三階建の木造の山小屋風の建物が見えて来た。

「上はホテルなの」

　と、久美子は言った。「あそこに泊りましょう。観光客も、ほとんどここまで来ないわ」

「そうしよう」

　と、高屋はホッとしたように、「ずっと運転して、さすがに疲れたよ」

「すみません、お任せしちゃって」

　と、亜由美は謝ったが、自分がハンドルを握るのはかなり怖い。

　特に、ここは車が右側通行の左ハンドルの国である。日本でだって、いささか危なっかしいことのある身で、人を乗せてドライブする自信はなかった。

　車が停ると、王子も目を覚まして伸びをした。

　久美子が一足先に中へ入って行くと、すぐに

出て来て、

「部屋、大丈夫ですよ！」

と言った。

人間、緊張しっ放しでは、そうもつものではない。

夕方、少し早目のディナーで、四人は大いに食べ、飲んだ。

亜由美もワインを飲んだが、リカルド王子も、何杯もではなかったが、ワイングラスを二、三度空にした。王子の育った〈R共和国〉、特に王宮では十歳ごろからワインぐらい飲んでいたらしい。

充分に食べて飲めば、疲労もあって、当然眠くなる。

食後にコーヒーを飲みながら、亜由美は半分眠りそうになっていた。

亜由美にひと部屋取ってくれたので――支払いは高屋がカードで払ってくれることになった――亜由美は、廊下で、

「おやすみなさい」

と言って、自分の部屋へ入ると、そのままベッドに倒れ込んでしまった。

それでも、一時間ほどで目を覚まし、

「お風呂……」

と呟きながら、何とか入浴したのは、汗を流したかったからでもあるが、ここで寝入ってしまったら、朝まで起きないだろうと分っていた

からだ。

バスタブに湯を入れて、たっぷり浸(つか)ると、

「ああ……」

と、思わず声が出る。「気持がいい……」

そして、バスタブの中で体を洗うと、少し頭がスッキリして、

「あ、いけね」

と言った。

ケータイを充電しようと思って、忘れてしまった。ホテルに着いたら真先に、と思っていたのに。

しかし、もう夜も遅い。

「明日の朝でいいか」

と、自分を納得させて、今夜はとりあえず寝よう、と思った。

全く予想していなかった「海外旅行」で、さすがに亜由美も参っていたのだ。

バスタオルで体を拭くと、掛けてあったバスローブを裸の上にはおった。

寝衣があるわけではないので、これで寝ようと思った。

バスルームを出て、大欠伸をすると、そのままベッドへ潜り込む。

「おやすみ……」

とは誰に向って言ったのか。

今の自分の置かれた状況について、考えたり検討したりする余裕は全くなく、亜由美はそのままぐっすりと眠り込んでしまった……。

目が覚めたのは、ベッドの傍の電話がけたたましい音をたてたからだ。

「え……。何よ……」

手を伸して止めようと……。

目覚し時計と間違えていたのだ。――亜由美の家の電話はこんな音では鳴らない。

「あれ？ ――そうか」

東京の自分の部屋じゃなかった。

ここは確か……ドイツじゃなかったっけ？

受話器を取ると、

「亜由美さん、逃げて！」

という声が飛び出して来た。

「久美子さん？」

「急いで逃げて！」

と言ったきり、切れた。

亜由美はベッドに起き上ると、

「逃げろって……。急に言われても……」

ベッドから出て、半分脱げかかったバスローブのまま、窓のカーテンを開けた。

そして振り返ると――。

「おはよう」

と言ったのはペテルだった。

ペテルのそばに兵士が一人立っていて、ライフルの銃口が亜由美の方へ向いていた。

12　行き止まり

亜由美はムッとしたが、黙っていた。

もう昼に近かった。——亜由美だけでなく、みんなぐっすり眠っていたのだ。

亜由美と久美子、それに高屋の三人は、ホテルの一階、レストランの個室にいた。王子だけがペテルと出て行っていた。

「どうなってるのかしら」

と、久美子が言った。「政変って、一体どう決着したの？」

「僕にも分らんよ」

と、高屋は首を振って、「権力ってものは人を狂わせる」

「ペテルを見損なったわ」

と、久美子は口を尖らして、「ちっとは道理

「金というものは、あればあるほど、自ら増えたいと望むものなんだよ」

と、哲学者のような口調で言ったのは、加東建夫だった。

「なつきさんが聞いたら、泣きますよ」

と、亜由美は言ってやった。

「泣かないさ。あの子は何も知らない」

と、加東は言った。「それに、私自身は、何も罪になるようなことはしていない」

をわきまえた人かと思ってた」

亜由美もペテルには失望していた。

もちろん、亜由美たちを追跡して来たのだから、味方ではないだろう。でも、それはあくまで役人という立場で、やむを得ずそうしているのかと思っていたのだ。

しかし——ペテルを人間として信用できない、と思ったのは、起こされて銃を突きつけられたときだった。

服を着ろ、と言われて、亜由美は、

「バスルームで着替えさせて」

と頼んだ。

バスローブの下は裸だったからだ。しかしペテルはそれを分っていて、

「だめだ。そこで着替えろ」

と言った。

頭に来た亜由美は、「見たきゃ見ろ！」って気持で、堂々とペテルの目の前でバスローブを脱いで、服をゆっくり着た。

ペテルの視線は明らかに亜由美の体を楽しんで眺めていた。

加東のポケットでケータイが鳴って、

「——ああ、今どこだ？　——そうか、表で待機していろ」

と言った。

あの屋敷でおっとりと座っていたのと別人のようだ。

「私の雇っている人間がやって来た」

と、加東は言った。「金になれば、どんなことでもやる連中でね」

「自分の手は汚さないってわけですね」

と、亜由美は言った。「元木さんを殺したのも？」

「見たところ、平凡なサラリーマンだが、あの男は優秀なスパイだった」

と、加東は言った。「〈R共和国〉にはもちろん隠れてだが、民主化を目指して運動している連中がいるんだ。大した力は持っていないが、軍部はそういう奴らを許さない。——元木は、日本で〈R共和国〉の民主派を支援している人間たちを見付け出して、色々妨害工作をしていた」

「そんなことを……」

「大して難しいことじゃない。そいつの勤め先に、『お宅の社員の誰それは過激派と係りがありますよ』と吹き込んでやれば、会社の方は面倒なことになる前にクビにする。そうすりゃ、人を助けるどころじゃなくなるからな」

「でも、元木さんは……」

「あいつは、そういうグループの一人と親しくなった。そして、民主派の連中に共感したんだな。もうスパイを辞める、と言って来た」

「殺すことないじゃないですか」

「ビショップ大統領と、じかに会ったこともあるんだ。〈R共和国〉の内情を知り過ぎていた」

と、加東は平然と言った。「いずれにしろ、共和国の中の民主派など、ちっぽけなものだ。今回の争いだって、軍部の中の権力争いだからな」

話を聞きながら、亜由美はそっと久美子の手を握った。久美子も握り返して来る。

分っているのだ。

加東が、こんな話を聞かせた以上、亜由美たちを生かしておくはずがない……。

ドアが開いて、ペテルとリカルド王子が入って来た。

王子は青ざめて、じっと目を伏せている。

「話はついた」

と、ペテルが言った。「王子は、ビショップ大統領を全面的に支持することに同意された」

「そうしなきゃ殺されるんでしょ」

と、久美子が言った。「ペテル、あなたは見返りに何を？」

「大統領直属の情報局の長官になる。――君らは僕を軽蔑するかもしれないが、〈R共和国〉の庶民は貧しいんだ。官僚として出世する以外に、貧しさから抜け出す道はない」

「で、私たちをここで殺すのね」

と、亜由美が言うと、王子が何か言った。

「私たちは無事に日本に帰すという約束だって」

と、久美子が通訳した。

「信じられないわ」

「ともかく王子はそういう条件で、軍部の言うことに従うと承知されたんだ」

ペテルはそう言うと、「では加東さん、彼女たちをよろしく」

「任せてくれ」

「高屋先生だけは一緒に来てもらう。王子の体がまだ心配だからね」

と、ペテルは言って、「さあ」

と、高屋を促した。

部屋を出るとき、王子が一瞬久美子の方を振り返って、何か短い言葉を言った。

加東も一緒に出て行くと、ドアに鍵がかけられた。もちろん、外には兵士が立っている。

「――今、王子は何て言ったんですか?」

と、亜由美が訊くと、

「よく分らなかったけど、何だか……ドイツ語じゃなかったわ」

と、久美子が首をかしげて、「〈アッターズレ〉? そんな風に聞こえたけど、何語なのか……」

亜由美はちょっと考えて、

「私には『あて外れ』って日本語に聞こえました」

「――そうだわ! 王子が面白がって日本語を使うことがあった」

「じゃ、本当に? でも、何が当て外れなんでしょう?」

と言ってから、すぐに思い当って、亜由美は、

「ペテルのことですね」

「そうね。そうとしか思えない」

と、久美子は肯いて、「きっと、ペテルに約束されたっていう、情報局の長官とかいうポスト……」

「騙(だま)されてるんですね、彼」

二人は少しの間、顔を見合せていたが、やがて、久美子が言った。

「もし、ペテルにそう言っても、彼は聞こうとしないでしょうね」

「自分でそう決めた以上、仕方ないですよ」

と、亜由美は言った。「人は、どこかで責任を取らなきゃいけないんです」

「そうね。その通りだわ」

「私たちが考えるべきは、どうやって生きのびるか、です」

と、亜由美は言った。「私、諦めの悪いことで有名なんです」

久美子は微笑んで、

「あなたを見てると、こんな状況でもどうにかなりそうな気がしてくるわ」

「どうにかなるんじゃなくて、どうにかするんです！」

威勢よく言ったところへ、タイミングよくドアの鍵がカチャリと回った。

亜由美はほとんど反射的に、テーブルの上の重い石の灰皿をつかんでいた。

ドアが開いて、ライフルを持った兵士が――。

亜由美は手にした灰皿を力一杯、その兵士の顔へ叩きつけた。兵士は仰向けに引っくり返ってのびてしまった。

廊下には他に人はいない。

「裏口がある！」

と、久美子が言った。「こっちよ！」

二人は駆け出した。

そして――。


教会の祭壇のかげに隠れていた亜由美は、もう身動きが取れなかった。

「見付けたら射殺しろ！」

日本人のリーダー格らしい男の声が響く。

ドタドタと足音が教会の中に響き、何秒もたたずに、

「――いたぞ」

見付かってしまった。

仕方ない。亜由美は立ち上って、

「殺す前に懺悔したら？」

と言った。「今まで散々悪いことして来たんでしょ」

「生意気な女だ」

と、男が笑って、「時間がありゃ、可愛がってやってから殺すところだがな」

「おあいにくさま」

と、亜由美はにらみ返して、「あんたなんか好みじゃないわ」

「いい度胸だ」

男が銃口を亜由美の胸に向けた。

　すると、一緒について来ていた子分の一人が、

「いけません！」

　と言ったのである。

「――何だと？」

「教会の中ですよ。キリストが見ておられます」

「お前……何言ってるんだ？」

「神の前で殺すのはいけません。外でやりましょう」

「どうかしたのか？」

「俺、クリスチャンなんです、小さいころから」

　どう見ても大真面目（おおまじめ）に言っている。「祭壇は神聖な場所です。血を流しちゃいけねえですよ」

　リーダーの男は、怒るよりも呆れた様子で、

「そうか。じゃ、表へ連れてってから、お前が殺せ」

「分りました」

　変な人だ、と亜由美は思ったが、ともかく一分ぐらい寿命が延びた。

　銃を背中に突きつけられ、亜由美は教会の扉を開けて外へ出た。

　そのとき、

「ワン！」

　耳を疑った。――今の声は、ドン・ファンだ！

　表はもう暗くなっていた。

「伏せろ！」

という声。

殿永さんだ！　――亜由美は地面に身を投げ出すように伏せた。

同時に車のライトが教会の入口を照らし出して、

「銃を捨てろ！」

という殿永の声に続いて、二、三発の銃声がした。

亜由美が顔を上げると、正面から駆けて来るドン・ファンが見えた。

「ありがとう、ドン・ファン！」

亜由美はドン・ファンを抱きしめた。ザラつく舌が、亜由美の顔をペロペロとなめた……。


「久美子さん！　無事だったんですね！」

亜由美は前の日に泊ったホテルで、久美子と再会して、感激した。

二人でホテルの裏口から脱出したものの、すぐに兵士たちに発見され、二人は、それぞれ反対方向へと走った。

その後、どうなったのか、全く分らなかったのだ。

「亜由美さんも、生きてたのね！」

二人は抱き合ったが、

「痛い……」

「あ、すみません！　けがしてるんですね、久美子さん」

「弾丸がかすめたの」

と、左腕を押えて、「もうだめかと思ったわ」

「それで——」

「助けてくれた。——ペテルが」

「え？」

久美子は肯いて、

「ペテルは、どたん場で、地位やお金のために私たちを死なせられない、って心を決めたの」

「そうですか。で——ペテル、どうなったんですか？」

「私をかばって、弾丸を受けたの。今は入院しているわ」

「じゃ、命は……」

「何とか取り止めたみたい。でも、たぶん一生歩けない体に……」

と、久美子は涙ぐんで、「私、しばらくこっちに残って、ペテルの世話をするわ」

「そうですか」

——殿永が、ホテルのロビーに入って来た。

「殿永さん、ありがとう」

「いや、本当に危いところでしたね」

と、殿永は言った。「今、お母様と連絡しましたよ。あなたに代ろうかと思ったら、『早く帰っといで、と伝えてくれれば充分です』とおっしゃって」

「そういう親ですから」

と、亜由美は言った。「でも——なつきさんは？」

「父親のことを聞いて、ショックだったようです」

「それはそうですよね。本当に何も知らなかったのね」

「しかし、あの人がチャーターした便で飛んで来なかったら、亜由美さんを助けられなかったでしょう」

「加東さんはどこへ……」

「姿をくらましています。日本へ帰れば、元木さん殺害に係ったことで、逮捕されますからね」

ロビーへ、ドン・ファンが駆け込んで来て、亜由美の前に座った。そして、後から、加東なつきが、おずおずと入って来た。

「亜由美先生……。すみませんでした。父があんなことしてるなんて……」

「いいのよ、もう。――あなたのおかげで助かったんだし」

「じゃあ……許していただけるんですか？」

「許すも何も、あなたは何もしたわけじゃないし。親は親、子は子でしょ」

「そう言っていただけると……。でも、今度父に会ったら、引っかいてやる！」

亜由美は久美子に、

「結局、政変ってどうなったんですか？」

と訊いた。

「さあ……。ともかく、ビショップという大統領は変らない。でも、リカルド王子が大統領の側についたことで、軍事独裁政権の色が、いくらかは薄まったでしょうね」

「何だ……。大山鳴動して鼠一匹、ってやつね」

「――何ですか、それ？」

と、なつきがふしぎそうに言った。「鼠を一匹食べたいってことですか？」

若い人には通じないか。――自分も若い亜由美だが、なぜか年齢を感じてしまうのだった。

「帰国についてですが」

と、殿永が言った。「一応ドイツの警察で事情聴取があります。それに、亜由美さんはパスポートなしでこっちへ来たので、帰国には別の手続きが必要です」

「じゃ、まだ当分帰れない？」

「いや、数日で済むでしょう。ちゃんとかけ合いますから」

「ワン」

と、ドン・ファンが一声吠えて、ホテルから出て行きたそうにして振り返った。

「散歩したい？　でも、この辺、詳しくないから」

すると久美子が、

「任せて下さい！」

と、急に元気を取り戻した。「私を何だと思ってるんですか！　ローテンブルグのことなら、どんな小さな路地でも知り尽くしてます！」

「じゃ、ガイドさんについて行きましょ」

「私も行っていいですか?」

と、なつきが言った。

「もちろんよ! じゃ、出発!」

つい何時間か前に殺されかけたとは思えない亜由美たちは、ドン・ファンと共にホテルを弾むような勢いで後にした……。

エピローグ

「そうでしたか……」

亜由美から、事の成り行きを詳しく聞いて肯いたのは、そもそもの依頼主、高屋秀輝だった。

「――そういうわけでね」

と、亜由美は言った。「あなたのお父様については……」

「ええ、父のことは聞いています。昨日、ヨーロッパから帰って来ました」

「そう。じゃ、ご無事で」

「〈R共和国〉には、リカルド王子という人の病気について、ちゃんと診てくれる医者がいないらしいんですが、ドイツの知り合いの医者によく頼んで来たと言ってました」

――ここはもちろん日本。

亜由美の〈探偵事務所〉の中である。

「あんまり役に立ったとは言えないかもしれないけど……」

と、亜由美が言いかけると、秀輝は、

「とんでもない！」

と、首を振って、「南久美子さんが無事だと分りましたし、それに塚川さんが命がけで戦って下さったことも知っています。ありがとうございました」

「いえ、そう言われるほどの……」

確かに、殺されかけはしたけれど、礼を言われるのもどうかと思った。

「久美子さんはしばらく向うにいるそうよ」

「ええ、メールをいただきました。ペテルとかいう男の人の看病をするということでした」

「じゃ、知ってるのね」

「久美子さんが無事と分れば、僕はいいんです。好きだけど、お姉さんのような存在ですから」

「ペテルが回復したら、日本へ帰ってくると言ってたわよ」

「幸せになってほしいです、久美子さんには」

と、秀輝は微笑んで言った。

「お待たせしました」

と、二人にコーヒーをいれて来たのは、加東なつきである。

「ありがとうございます」

と、秀輝は小さく会釈した。

そしてコーヒーを一口飲むと、

「――おいしい！」

と、声を上げた。「豆がいいだけでなく、いれ方も上手なんですね」

「ありがとう」

と、なつきは嬉しそうに、「私にも、取り柄の一つくらいはないと」

「なつきちゃん……」

「あんなにひどい父親の娘なんですもの。せめて少しずつでも償いをしなくては」

「お父様からは何も？」

「どこか、南の島にいるみたいです。もう帰って来ないつもりかもしれません」

「あのお屋敷に、一人で？」

「時枝さんがいてくれますから」

と、なつきは言って、「私、〈R共和国〉から、自由を求めて亡命してくる人たちを支える組織を作ろうと思います」

「それはいいですね！」

と、秀輝が目を輝かせて、「ぜひ、僕にも手伝わせて下さい！」

「お願いします！　いずれ、〈R共和国〉に限らず、世界の独裁政治に苦しんでいる国々の人たちを支援する団体にしたいと思っているんです」

お金はいくらもあるわけだ。――亜由美は、なつきが秀輝とじっと見つめ合っているので、ちょっと面白くなかったが……。

「――そうだ。僕、一つ塚川さんに告白することがあるんです」

と、秀輝に言われて、亜由美は一瞬、「え？　いきなり告白されても、私、心の準備が」などと焦ったが……。

「久美子さんの部屋へ入って、中を荒らしたの、僕です」

「え？」

「ただ、行方が分らないというだけじゃ、塚川さんが本気で調べてくれないかもしれないと思って。——すみません。そんなことなかったと、後では分りましたが」

「じゃ、あそこに高屋先生と久美子さんの写真を置いたのも？」

「ええ。父が隠してた写真を見付けたんで。そして、父のケータイを覗いて、くり返しかけていた電話番号をメモして」

「〈R共和国〉大使館のね。知ってたの」

「はい。でも、塚川さんが怪しいと思って調査してくれるだろうと……」

そして秀輝はちょっといたずらっぽく、「僕、とても手先が器用なんで、久美子さんの部屋の鍵を開けるのなんて簡単だったんですよ」

「まあ。住居不法侵入よ」

と、亜由美は笑って言った。

そこへ、扉が開いて、聡子とドン・ファンが入って来た。

「ちょっと！　ドン・ファンったら、ローテンブルグの散歩が忘れられないみたいよ」

と、聡子が言った。「途中、旅行代理店のポスターに、ローテンブルグが写ってたら、その前に座り込んで動かないんですもの」

「ワン！」

俺はヨーロッパの古都にこそふさわしい、と思っているらしかった。

「じゃ、明日から、送り迎えはポルシェじゃなくてロールスロイスにしましょうか」

と、なつきは当り前の口調で言った。「中世の風景にはそっちの方が……」

「ワン！」

ドン・ファンが勢いよく吠えた。

あの夜の花嫁は、今

プロローグ

雨は、一向に弱まる気配がなかった。

「もっと早く出れば良かったな」

同じことを、もう三回も言っている夫に、

「仕方ないわよ。あちらは私たちの予定なんかご存知ないんですもの」

と、里美は言った。

「うん……。それにしたって……」

ハンドルを握っている西郷克郎としては、こんな大雨でなければ、もっとスピードを出せるという思いもあっただろう。

「あんまり急がないで」

と、里美は念を押すように言った。「事故を起したら大変」

「大丈夫さ。この雨だ。こんな道を通ってる奴なんかいないよ」

でも、私たちが通ってるわ、と言おうとして里美はやめた。——苛々しているときに、からかうようなことを言うと、夫は本気で怒ってしまうと知っていたからだ。

それにしても凄い雨だわ、と里美は思った。

助手席に座って、めまぐるしく動くワイパーが、叩きつける雨に追いつかない様子を見ていると、ちょっと不安になった。

夜中の一時を少し回っている。——本当なら

とっくに温泉のある高級ホテルに着いて、のんびりと湯に浸っているころだ。

でも——明日は早く起きなくてもいい。ともかく、今夜中にホテルに着けば……。

ワイパーの動きを見ている内に、里美は眠くなって来た。疲れがじわじわと体ににじみ出てくるようだった。

それは当然のことで、里美はつい五、六時間前に、西郷克郎と結婚式を挙げたばかりだったのである。

都内の一流ホテルでの披露宴は、何とも堅苦しいもので、最後の客を送り出したときはホッとしたのだった。

しかし、予定が狂ったのは、克郎の方の父親が招んだ国会議員が、後に残って自慢話を始めたからだった。酔ってしつこくなった議員は、新郎新婦を相手に、まるで関係のない土地開発のプランの説明をし始めたのだ。

しかし、克郎の父親にとっては、誰よりも大切な「先生」らしく、両親と一緒に、二人は話をありがたく聞くしかなかった。

議員がやっと話をやめたのは、ホテルの宴会場フロアが閉めることになったときだった。

そして、疲れ切った里美は、克郎の運転する車で、ついウトウトしていた……。

それから……。

フッと目が覚めた。

「え……」

一瞬、ここはどこかしら、と思った。しかし――車は停（とま）っていた。

「もう着いたの？」

と、運転席の方へ向くと、夫の姿がなかった。

「――どうなってるの？」

まだ少しボーッとした頭を振って、息をつくと、ドアが開いて、克郎が運転席に戻って来た。

「どうしたの？　びしょ濡（ぬ）れよ」

この雨の中へ出て行けば、濡れるに決っているが。

「大丈夫。何でもないんだ」

と、克郎は言った。

「でも……」

「眠ってていいよ。着いたら起す」

そう言うと、克郎はシートベルトをして、エンジンをかけた。

車は再び叩きつける雨の中を走り出した。

何があったの？　――そう訊（き）こうとした里美は、じっと前方を見つめてハンドルを握っている夫の横顔が、「話しかけるな！」と言っている気がして、口をつぐんでしまった。

「――もうすぐだ」

三十分ほどして、克郎はやっと少し穏やかな声で言った。「雨も小降りになった」

「そうね……」

車のライトに、二人の泊るホテルへの矢印が浮かび上った。

「やれやれ……」

と、克郎はため息をついて、「疲れるドライブだった」

車で出るときに連絡しておいたので、ホテルのフロントもちゃんと待っていてくれた。

「お待ちしておりました、西郷様」

小太りの男性が出迎えて、里美へ、「支配人の柳田と申します」

「どうも、遅くなりまして」

「いえ、とんでもない」

こんな時間まで支配人が待って出迎えてくれるのは、やはり西郷家の威光というものだろう。

「車を頼むよ」

と、克郎はキーを渡した。「雨で汚れてる。洗っといてくれ」

「かしこまりました。──お部屋は最上のスイートルームでございます」

支配人自ら、ルームキーを手に案内に立つ。もちろん、スーツケースをのせた台車をボーイが押して、別のエレベーターで続いた。

「──地下の大浴場は、いつでもお入りいただけます」

と、柳田が言った。「お部屋のベランダには、露天風呂も付いております」

「ああ。疲れたから部屋の風呂にするよ」

と、克郎が言った。

「あなた、着替えないと……」

「うん、大丈夫だ」

と、克郎は軽く言って、「明日は起さないでくれ。昼まで寝てると思うよ」

「かしこまりました」

――スイートルームは、広々としたリビングルームと、奥のベッドルーム。ダブルより大きなベッドが二つ並んでいる。

二人になると、里美は、スーツケースをベッドルームへ運んで、

「開けて、服を出すわ」

と、鍵を開けたが――。

「ちょっと！　何よ！」

面食らった。背後から克郎が抱きついて来たのだ。それも、ふざけてというのではなく、濡れた服のまま、強引に抱きしめ、ベッドの方へ引きずって行く。

「待って。――いやよ、このままなんて！　ね、ちゃんとシャワーを浴びてから――」

だが、克郎は里美の言葉など全く耳に入らないかのように、里美をベッドに押し付けると服を脱ぎ捨てた。

「どうしたの？　――ねえ、こんなこと……」

もちろん、今日が新婚初夜とはいえ、これまで一年以上付合って来て、何度も寝ている。しかし、こんな克郎を見るのは初めてだった。

「ね、こんなのって……。お願いよ……」

しかし、何を言ってもむだだった。

克郎は里美の服を、ほとんど乱暴に、と言っ

ていいような勢いで脱がせて行った。

——何かあったんだわ。

直感的に、里美は悟った。忘れてしまいたいことが、何かあったのだ。

諦めて克郎のするに任せながら、ふと里美は、あの激しい雨の中で車を停め、外へ出ていた克郎の様子を思い出していた。

あれは何だったんだろう?

よほどのことがない限り、あの雨の中へ出て行かないだろう。——よほどのことが……。

不安と快感の波に揺られながら、それでも里美は克郎の冷え切った体を抱きしめていた……。

1　二重の罪

「昨日じゃなくて良かったね」

と、塚川亜由美(つかがわあゆみ)は言った。

「凄い雨だったもんね、昨日は」

と、肯(うなず)いたのは、車のハンドルを握っている神田聡子(かんださとこ)である。

「ワン」

と、同意したのは、一人車の後部座席にのんびり寝そべっている、ダックスフントのドン・ファンだった。

助手席で、亜由美はカーナビへ目をやって、

「もうすぐだね」

と言った。

「うん。前に来たことがあるから。もう少し行って、右折だと思う」

二人は同じ大学の親友同士である。

秋の文化祭を前に、テスト期間があり、そこを何とか無事通過した二人は、この週末の休みに、ドライブということにしたのである。

田んぼの中の一本道。――亜由美は少し眠くなって欠伸(あくび)をした。

「私たちが行くって、知ってるんでしょ、その家?」

と、亜由美が訊いた。

「もちろんよ！　ゆうべもメール入れといたわ」

神田聡子の遠い親戚で、聡子の母と仲のいい女性——朝永沢子の家を訪ねるところである。

「ご主人を亡くしてから、母と娘の二人なんだけど、うちで紹介してあげたお宅で家政婦をしていたの。とってもよく働くし、気の付く人でね」

「私にゃとても無理だわ」

と、亜由美は言った。

「今は家に戻ってるの。うちの母から、預かって来たものを渡せばいいんだけど」

「でも、すぐ失礼するってわけにも——」

「そうね。私も会いたいし。沢子さんもいい人だけど、娘の育代ちゃんって子が、またよくできた子なの」

「今、何歳？」

「たぶん……十六かな。高校一年だと思うわ」

その家へ寄った後、亜由美たちは、さらに車で一時間ほどの〈Sホテル〉に二泊することにしていた。

明るい秋の日射しの下、真直ぐな道が続いているのだが……。

「聡子。パトカーだよ」

「うん。何だろう？」

道の端へ寄せてパトカーが停っていて、警官が二人、田んぼの方を見ている。

「——事故かな」

車のスピードを落とすと、パトカーのかげになっていたものが見えた。

「自転車だ」

と、亜由美が言った。「でも――ひどい状態だわ」

自転車が、ねじ曲げられたように道から半分落ちそうになっている。

「――待って」

聡子が車を停めた。

「聡子――」

「あの青い自転車、もしかして……」

二人は車を降りた。

「事故ですか」

と、聡子が声をかけると、警官が、

「ゆうべの雨の中で、車にはねられたんでしょうね」

と言った。「今、救急車が……」

「自転車に乗ってたのは?」

「いや……。もう死んでるんですがね」

「あの……。もしかすると知ってる人かも」

「え?」

「その自転車に見覚えがあって」

「そうですか。じゃ、見てもらえますか?」

それは、警官の足下に、ブルーシートで覆われていた。

「亜由美、一緒に見て」

と、聡子は亜由美の腕をつかんだ。「あんた、慣れてるでしょ」

「そんなこと……」

「クゥーン」

ドン・ファンもついて来ていた。

聡子はやや青ざめて、ブルーシートがめくられるのを見ると——。

「育代ちゃん！」

と叫ぶように言った。「こんな……こんなことって……」

「知ってる人ですか」

「ええ。朝永育代ちゃんです……。何てことかしら。お母さんは知ってるのかな」

「知らないわよ、きっと」

と、亜由美は言った。「知らせてあげなきゃ」

「辛（つら）いけど……。仕方ないわね」

「この子の家も知ってるんですか？」

と、警察官が言った。「それじゃ、私も一緒に行きましょう」

親から預かって来た土産物（みやげもの）を渡すどころではなくなって、聡子はその一軒家の前に車を着けると、

「——失礼します」

玄関の引き戸が半分近くも開いていたのだ。

「朝永さん。——おばさん」

返事がなく、聡子と亜由美は玄関から上った。

「おかしいね。——朝永さん？」

古い日本家屋で、廊下の奥が暗くなっている。

「寝てるのかしら。でも、起きてくるよね、普通」

と、聡子は首をかしげて、「――おばさん、神田ですけど」

「ワン」

と、ドン・ファンが吠えた。

薄暗い六畳間に布団が敷かれ、そこから上半身をのり出すようにして、寝衣姿の女性がうつ伏せに倒れていたのだ。

「おばさん！」

聡子が息を呑んだ。

「待って」

亜由美は膝をついて、その女性の手首を取ったが……。

「亜由美――」

「亡くなってるよ、聡子」

「そんな……」

聡子は畳の上に座り込んでしまった。

亜由美は、一緒に来た警官に急いで話すと、

「死因は分りませんね。調べて下さい」

と言った。

「分りました！」

警官があわてて戻って行く。

亜由美の方がずっと落ちついているのは、やはり豊富な経験のせいだろう……。

「――ああ、参った！」

と、聡子は玄関へ出て来て、「亜由美、車、運転頼むね」

「分った」

そのとき、茶の間の電話が鳴り出して、二人

はびっくりした。

亜由美が出ると、

「あ、育代ちゃん?」

と、女性の声で、「近藤医院ですけど」

「あの――違います。知り合いの者で」

「あら、育代ちゃん、いません? おかしいわね」

「あの……」

「ゆうべお母さんのお薬を取りに来ると言って、それきり……」

「お母さんの薬? それって何時ごろですか?」

「夜中の一時か二時か。ともかく、先生がゆうべは酔って寝てしまってたんで、とりあえず、いつもお母さんの発作のときに出す薬をあげるからと言って……」

亜由美は聡子と顔を見合せた。

「つまり、こういうことね」

と、亜由美が言った。「夜中に、朝永沢子さんが心臓発作を起して、育代ちゃんが、近藤医院へ電話した。でもお医者さんは酔って眠ってたんで、看護師さんが、いつもの薬を出してあげると言った。それで――」

「育代ちゃんが雨の中。自転車で近藤医院に向った。その途中で車にはねられた……」

と、聡子がそう言って、ため息をついた。

「病院では、育代ちゃんが来ないので、沢子さんの発作がおさまったんだろうと思ったのね。でも、沢子さんは布団から這(は)い出そうとして、息絶えた……」

「可哀(かわい)そうにね」

亜由美たちは、いつもの塚川家の二階、亜由美の部屋にいた。

「結局、育代ちゃんをはねた奴は、沢子さんの命も奪ったことになるわね」

と、亜由美が言うと、

「ひどい奴！　見付かったら八つ裂きにしてやる！」

いつも冷静な聡子が、さすがに怒りに声を震わせた。

しかし、二人とも——ついでにドン・ファンも、亜由美のベッドとカーペットの上で寝そべって話していたので、その怒りにはやや説得力が欠けていた……。

するとドアが開いて、

「相変らず、ぐうたらしてるのね」

と、母の清美(きよみ)が顔を出した。

「お母さん、ノックもしないでドアを開けないでよ！」

と、亜由美は文句を言った。「私たち三人で、涙にくれてたのに」

「誰も泣いてないみたいだけど」

「心で泣くってことがあるのよ。——で、何か用？」

「下に殿永(とのなが)さんがみえてるわよ」

「早くそう言ってよ！」

亜由美がはね起きた。

――殿永部長刑事は、大きな体格の割には穏やかで紳士的な刑事である。

これまで、色々と亜由美たちと共に事件の解決に当って来た。

「――殿永さん！」

居間に入るなり、亜由美は言った。「朝永育代ちゃんをはねた車は見付かったんですか？」

「そのことなんですがね」

と、殿永はちょっと言いにくそうに、「今のところ不明なんです」

「え……。だって、あんな時刻に、あんな田舎を走ってた車なんて、そんなに何台もないでしょ？」

「確かに。しかし、あの田んぼの中の一本道、監視カメラもないんです。ずっと手前か、ずっと先の国道でないと……」

「でも、調べれば――」

「それが、あの大雨の中、長距離トラックが何台か通ったのは分るんですが、ほとんど映像が見分けられないんです。しかも一台は雨のせいでカメラが故障してしまい……」

「それじゃ……」

「誰かが、傷のついた車でも見ていれば別ですが、あの雨で痕跡は流されてしまっていますしね」

「じゃ、犯人は知らん顔で逃げちゃったってことですね」

と、聡子が肩を落とす。

「もちろん、現地の警察は捜査を続けています。諦めたわけではありませんから」

しかし、殿永の口調にも、いつもの自信は感じられなかった。

「――私、決心したわ!」

と、聡子が言った。

「どうしたの?」

「育代ちゃんをはねた車についての情報提供者に懸賞金を出す!」

「懸賞金? いくら?」

「百万円! ――は、ちょっと厳しいな、私の貯金じゃ。五十……いえ、三十……。十万円ぐらいでどうかしら? でも、私が、お昼抜きになっても困るわね。五万円? ――三万円くらいでどうかな」

「やめといた方がいい」

「そう思う?」

そこへ、清美がコーヒーを運んで来て、

「良心よ」

と言った。

「お母さん、どうしたの?」

「その子をはねて殺したことは、その人間の良心を一生苦しめる。たとえ警察が犯人を見付けられなくても、その当人だけは、真実を知っているわ」

「でも、ずっと平気なままでいるかもしれないわよ」

「亡くなった少女は、その犯人の夢の中に、いつまでも現われるわよ」

　清美は、あたかも予言するかのように言った。

「どうしたの？」

　と、桐山弥生は言った。

「――え？」

　訊かれたことに気付くまで、二、三秒もあった。「あ……。いや、別に何でもないんだ」

「だめよ、ごまかしても」

　と、弥生はちょっと大倉佑太をにらんで、

「あなたは嘘のつけない人だものね。――分った。今日のお客の中に、凄く可愛い女の子がいて、ひと目惚れしちゃったのね？　そうでしょ」

「そんなことじゃないよ」

　と、大倉佑太は否定したが、弥生が本気でそう言っているのでないことは、分っていた。

　何といっても、桐山弥生と大倉佑太は結婚の約束をして、毎週とまではいかないが、月に一、二回、ホテルの休みの日がうまく重なると、こうして彼の中古車でドライブしている仲だったのだから。

　そのドライブは、たいていの場合、今日のように、山の中のコテージ風のホテルに泊るという成り行きになる。

　二人は今、ホテルの近くの食堂で夕食をとっているところだった。ホテルで食べると高くつく。

　二人とも〈Sホテル〉の正社員とはいえ、大倉佑太は二十四歳のベルボーイ、桐山弥生は二十三歳の客室係である。二人合せても大した給料にはならない。

「ベルボーイのチーフの話？　何か支配人から話があったの？」

「いや、まだ……。年末年始は忙しいからな。年が明けてからじゃないか」

「そう。でも、きっと大丈夫よ。あなたのこと、柳田さん、とても気に入ってるわ」

「そうかな……」

　大倉佑太は、支配人の柳田が、自分と同様、高卒で〈Sホテル〉に入って働いて来たことで、佑太に何かと目をかけてくれることを分っていた。

　しかし、あの話をしたら……。柳田はどう思うだろう。

「じゃ、何をそんなに考え込んでるの？」

と、弥生は言った。「考え込んでても、ポークカツは平らげてるけどね」

「本当だ。いつの間に食べちまったのかな」

と、佑太は笑って言ったが、「――な、弥生」

「うん？」

「この間、ワイドショーなんかでやってたひき逃げの話、憶(おぼ)えてるか？」

「ああ、自転車に乗ってた女の子が死んだって……。あの凄い雨だった日よね」

「そうなんだ。あの晩、僕は夜遅くまで待ってた。お客が遅く着くと連絡があったからね」

「あの日は私、お休みだった。あの大雨だったから、出じゃなくて良かった、って思ったわ」

「あのひき逃げって、うちのホテルから近い所だったんだ」

「そうだった？　でも――市は違ってたでしょ？」

「車なら三、四十分だよ」

「じゃ、そう近くもないじゃない」

「だけど、あんな夜中に、あの道を通る車は少ないよ」

「だけど……。あ、私、デザート食べよ。佑太は？」

「それじゃ……アイスクリーム」

佑太はちょっと息をついて、「可哀そうだったよな。はねられた子は十六で、お母さんの薬をもらいに病院に向ってたって。そのお母さんも、薬が間に合わなくて亡くなったんだ」

「気の毒にね。でも、それが佑太と――」

「あの晩のお客の車に、傷があった」

弥生はちょっと黙ってしまったが、

「でも――その傷だとは限らないでしょ？　車なんて、よく傷が付くわ」

「うん、それはそうだけど……」

「どなたの車だったの？」

佑太は、少し声を抑えて、

「西郷様だ」

と言った。

　弥生が啞然として、

「あ、あの西郷様？　まさか！」

「あの夜、車が着くと、西郷様は、ずいぶんくたびれた様子で、車のキーを支配人に渡してた。僕はそれを受け取った」

「車を駐車場へ入れたのね」

「うん。雨の中走って来たんで、車を洗っといてくれって言われた――」

「そうなの？」

　弥生はちょっとホッとしたように、「じゃ、問題ないじゃないの。もしその車でひき逃げしたなら、そんなこと言わないわ」

「うん……。それはそうだよな」

「そうよ！　取り越し苦労っていうのよ、そういうのを」

　弥生は、デザートをオーダーすると、「後はコーヒーでいい？」

と、佑太に訊いた。

2　迷い

弥生はベッドの中で、ゆっくりと体を起こした。

佑太は深い寝息をたてている。

何となく、いつもより眠りが深そうなのは、気になっていたことを忘れられたせいかもしれない。

――真面目なんだから、佑太は。

二人はコテージのベッドで愛し合った後だった。

弥生は、ベッドから裸で出ると、バスルームへ入って行った。

その後は軽くシャワーを浴びるのが習慣になっている。普段なら佑太も一緒に浴びるのだが、今夜は起きそうにない。

朝まで、ゆっくり寝かせておけばいい。

バスローブをはおって、ベッドの方へ戻ると、佑太は、

「ウーン……」

と唸って、寝返りを打ち、またぐっすり寝入ってしまった。

弥生は自分のバッグからケータイを取り出した。――午前零時を少し過ぎている。

小さなソファにかけて、少し考え込んだ。

――どうしたものだろう？

　放っておいても構わないのかもしれないが、しかし……。

　弥生はベッドの方を見ると、立ち上って、部屋から廊下へ出た。オートロックではないので、閉め出される心配はない。

　弥生は発信して、呼出し音を聞いた。少し待って、出なければ切ろうと思っていた。

「――弥生か」

　と、向うが出た。

「すみません、遅くに」

「いや、大丈夫だ。まだオフィスにいる」

「そうかなと思って……」

「何かあったのか」

「今夜、大倉さんと……」

「ああ、そうだな。今、一緒か」

「彼はもう眠ってます」

「張り切ったんだろうな、さぞかし」

「そんな……。若いんですもの、彼は」

「分ってる。それで……」

「車のことです。西郷様の」

　少しの間、相手は黙っていた。

「――何か言ってたのか」

「車の傷のことを気にしていました。でも、そんなことないって私――」

「そうか。それで納得すればいいがな」

「あの……本当はどうなんですか」

　と、弥生は訊いた。

「もしはねたのなら、車を洗っとけとは言わんさ」

「私もそう言いました。たぶん……」

「確かに、時間的には可能性がある。しかし、事実がどうでも、うちが西郷様の車のことを通報できん。分るだろう」

「ええ、それは……」

「うちの一番のお得意様で、関連会社の人も客になっている。――お前も黙っていろよ」

「もちろんです。でも万一――」

「大倉と式を挙げるなら、費用は出してやってもいいぞ」

「柳田さん……」

「次の週末は研修だな」

「はい、箱根（はこね）です」

「どうだ、近くで待ち合せるか」

「でも……」

「大倉に悪いか？　それで大倉の給料も上ればよかろう」

「ええ、それは……」

「じゃ、明日、帰る前に顔を出せ」

「分りました」

――弥生は通話を切ると、チラッと左右へ目をやって、部屋の中へと戻った。

佑太は、相変らず深い寝息をたてている。

弥生はバスローブのままで、ベッドへと潜り込んだ。

「――目立つ傷はなかったと思うが」

と、西郷克郎は言った。

「問題ないとは思いますが」

と、柳田は言った。「今、車の方は……」

「こんなとき、修理に出したら、それこそすぐ調べられる」

――柳田は支配人室からケータイでかけていた。

「今のところ、警察からの問い合せはありませんが」

「目を付けられる前に何とかした方が……」

「そういう考え方もございますね」

「だけどね」

と、克郎は強調するように、「僕だって、あれはひどいことだったと思ってるんだ。分るかい？」

「はい、それはもう充分に――」

「可哀そうなことをしたよ。本当に思い出しても胸が痛む。あんな女の子を死なせてしまうなんて、ひどい話だ」

「はあ」

「しかも、母親のために薬を取りに行こうとしてたっていうんだから！　そんな子がどうしてあんな目にあわなきゃいけなかったんだ……」

と、他人事（ひとごと）のように言って、「だがね、あれは不運な事故だったんだ。そうなんだよ。数分でも、あれより早く、あるいはあれより遅く、あの道を通ってたら、あんなことにはならなかった」

「さようでございますね」

「それに、あのときの大雨。――もう少し雨の降り方が弱かったら、ちゃんと車のライトにあの自転車が見えて、しっかりよけられたはずだ。そうだろ？」

「おっしゃる通りで」

「いや……どう言い訳しても、僕があの子を殺したことは事実だ。もし、どんなに重傷でも、あの子が生きていてくれたら……。僕はあの子の人生に、ずっと責任を持って、償っていくつもりだ。一生、あの子の面倒をみてやるよ」

「西郷様はやさしいお方ですよ」

「しかしね、もし僕が名のり出たら、どうなる？　父の会社は誰が継ぐんだ？」

「全くです」

「それに、名のり出たからって、あの女の子が生き返るわけじゃない。母親が助かるわけじゃない」

「おっしゃる通りで」

「それなら、僕のすべきことは何だ？　ああいう事故を二度と起さないこと。そして、僕が社会のためになることに力を尽くしていくことじゃないか？」

「さようでございます」

「そうだ。――僕はこの罪を一生背負って生きていく。心から悔んで、悩みながらね」

「真に正しい生き方で」

「そうだろう?」

　と、克郎は得たり、という口調で、「そうだとも！　その通りだ」

　と、自分に向って言った。

「——西郷様。ご一緒だった奥様は、事故のことをご存知なのですか?」

　と、柳田が訊いた。

「里美かい?　いや……はっきりは知らないと思う。眠ってたしね。それに、あの事故のことは全く話に出ない」

「それでしたら……」

「しかし——どうかな。何か感じてるかもしれない。あれ以来、他の車を使ってるからね。どうしてだろう、と思ってるかもしれない」

「しかし、奥様は何もおっしゃらないでしょう」

「うん。僕の妻だからね。だから——」

　少し間があった。その間は、克郎の心に闇となって忍び込んだ。

「そうだな。だから、やっぱり問題はあのボーイだ。何といったたっけ?」

「大倉と申します」

「そうだ。奴だけが、あの車の傷について知ってる。確信はなくても、もし刑事が訊きに来たら……」

「そこは何とも申し上げられません」

「うん。——何とかしなきゃいけないな」

「クビにしてもよろしいですが。何か口実をつけて」

「いや、それじゃ逆効果だ。却(かえ)ってホテルを恨んで、警察へ通報するかもしれない」

「おっしゃる通りで」

「といって、金を握らせたりすれば、事故のことを認めたことになる。それに、一度金を出せば、ずっとこの先、たかられるかもしれない」

「はあ。それでは……」

「うん。待てよ……。ちょっと今、思い付いたことがある」

「と申しますと？」

「大倉というボーイ。あの車。――どっちも片付けられたら、何よりじゃないか」

「はあ。ですがそんなことが……」

「大倉は車を持ってるのか？」

「確か、中古の安い車ですが。恋人を連れてドライブに行ったりしております」

「恋人？　ホテルの子か？」

「はあ。客室係で、西郷様のお部屋にタオルの替えなどをお届けしているのが、桐山弥生という子で」

「憶えてる！　可愛い子だと思ってたんだ」

と、話はやや本筋をそれて行った。

「今夜も二人で遠出しております。そこから弥生が連絡を」

「ほう。弥生と呼ぶのか。柳田支配人としても、大事に可愛がっている子なのか？」

柳田はちょっと額の汗を拭いて、

「いや、西郷様の勘の鋭いことにはびっくりでございます」

「その方面にはピンと来るんだよ」

と、克郎は笑って、「すると今夜、あの子は大倉とベッドでお楽しみってわけだな」

「一応婚約者ということに」

「許せんな！」

「は？」

「あんな可愛い子を、たかがボーイが好きにするとは。ああいう子には、もっとふさわしい相手がいる」

「それはどうも……」

「聞いてくれ」

と、克郎は言った。「その弥生をうまく抱き込んで、計画を立てよう」

「と申しますと？」


あれ？

大倉佑太は、客室に新聞を届けに行って戻ろうとしたとき、支配人室から桐山弥生が出て来るのを見て、足を止めた。

「——どうしたんだい？」

と、声をかけると、弥生はハッとした様子で振り向いた。

「ああ……。びっくりした」

「そんなにびっくりしなくたって」

と言いかけて、佑太はチラッと支配人室の方へ目をやると、「もしかして、支配人に何か言われたの？」

「いいえ！　そんなんじゃないわ」

弥生の否定の口調の強さは、どう見ても不自然だった。

しかし、こんな所で詳しい話はできないだろう。佑太は、

「良かったら、昼食の後で」

と言った。「くよくよするなよ」

「ええ、大丈夫よ」

弥生はかなり無理をしている様子で微笑（ほほえ）んで見せた。

――やっぱり、何だか変だ。

フロントの方へ戻りながら、佑太は考えていた。


いざとなったら……。そう、弥生がこのホテルを辞めてもいい。

僕一人の収入で食べていくのは楽じゃないだろうが、なあに、その気になれば何とかなるさ。

佑太はもう弥生と二人の生活を、具体的に想像していたのだ。二人で新しい部屋を借りたらお金がかかるが、今いる部屋に弥生が来て一緒に暮らせば、もちろんちょっと手狭ではあるが、しばらくの間、辛抱すればいいのだ。

「おい、大倉」

と、フロントのチーフの水田（みずた）が呼んだ。

「はい」

佑太がフロントのカウンターへ行くと、

「支配人がお呼びだ」

「え？」

ちょっと面食らった。

「早く行け。ぼんやりしてないで」

と、水田はいつも通りねちっこい口調で言った。

「はい」

足早に支配人室へ向う。――たった今、弥生が呼ばれていたのだ。

何の話だろう？――佑太はドアの前で背筋を伸した。

「やあ、ちょっと座ってろ」

柳田は誰かとケータイで話していた。

「――はい、それはもう充分に考えさせていただきます。ありがとうございます！」

どこかのお得意と話していたのだろう。ケータイで話しながら深々と頭を下げていた。

「――支配人、ご用は何でしょうか？」

「うん、今からすぐ出かけてくれないか。何か特別な用事はあったか？」

「は……。いえ、いつも通りです」

「じゃ、着替えて出かけてくれ。タクシーを使っていい」

佑太は当惑していた。

「それで……どこへ行けば……」

「西郷様のお屋敷だ」

「西郷様の？　でも、車だと大分かかりますが」

「構わん。ともかく早い方がいいんだ」

と、柳田は言った。「お屋敷は知ってるな?」

「はい、以前、ケータリングの仕事で伺ったことが」

「ああ、そうだったな」

「でも——何でしたらホテルの車を運転して行きますが。タクシー代が何万円もかかりますよ」

「いや、ここの車に乗って行くと、帰りが困ることになる」

「それはどういう……」

「お前に、車を届けてほしいそうだ」

「車を?」

「うん、西郷様は、お前が車を動かすのを、いつもご覧になっていたらしい」

と、柳田は言った。「西郷様のお宅の車を大阪まで届けてほしいそうだ」

「大阪まで? 私が運転して、ですか?」

「そういうご希望だ。何時間以内に、とか制限があるわけじゃないが、運転の腕が確かな人間がいい、とおっしゃるんだ」

「さようですか。では……」

「うん。すぐに出発してくれ」

佑太は支配人室を出ようとして、

「あの——」

「うん? 何だ?」

「ご報告しておこうと思いまして。桐山弥生君と、近々結婚するつもりです」

「そうか! それはおめでとう」

という柳田の言葉には、少しも意外そうな気配がなかった。

知っていたのだ、と佑太は思った。さっき弥生が呼ばれていたのは、その話だったのだろうか？

ともかく、すぐ出かけなくては。

佑太は、弥生のケータイにかけて、事情を説明した。

「まあ、大変ね。大阪まで？」

「帰りは新幹線だな。時間によっては向うで一泊するかもしれない」

「気を付けてね」

と、弥生は言った。

「うん。それじゃ、帰ったらまた――」

「ね、佑太」

「うん？」

「――何でもない。安全運転でね」

「分ってるよ」

ちょっと首をかしげる。――どう考えても妙な仕事だが、弥生は少しも驚いていなかった。

弥生は聞いていたのか、支配人から。

――これは一体どういう仕事なのだろう？

気にはなったが、言われたことはやらなければ。

私服に着替えて、佑太はタクシーで、西郷邸へと出かけて行ったのだった……。

3　入れ違い

「クゥーン……」

と、ドン・ファンが言った。

「どうぞお荷物を」

と、女性が台車に亜由美と聡子のバッグをのせる。

客室へ案内されながら、

「とても静かな、いいホテルね」

と、亜由美が言った。

「ありがとうございます」

「私は駅からタクシーで来たけど、車で来る人も？」

「はい、もちろんでございます」

「車は駐車場に？」

「はい、専用のがございまして」


「塚川亜由美様でいらっしゃいますか」

と、フロントの水田という名札の男性はパソコンを立ち上げて、「以前、ご予約いただきましたか」

「ええ。ただ急な用事ができて、来られなかったんです」

「さようでございますか」

「今日一泊で、二人です。——あ、二人と一匹です」

「車を駐車場へ入れるのは誰の係？」

「ベルボーイでございます」

「その方に、ちょっと会ってみたいんだけど」

「まあ……。どんなご用件で」

「うん、ちょっと訊いてみたいことがあってね」

「では――お部屋の方へ伺わせます」

「ありがとう。ええと……」

亜由美は名札を読んで、「桐山さんね。よろしく」

「かしこまりました」

と、桐山弥生は言った。

「失礼いたします」


十分ほどして、亜由美たちの部屋へ、ベルボーイがやって来た。「ご用と伺いましたので……」

「ごめんなさい、忙しいときに」

と、亜由美は言った。

「いいえ、とんでもない」

「車で来たお客のとき、車を駐車場へ入れる？」

「はあ。いつもではございませんが。ご自分で、という方も」

「そうでしょうね。――この前、大雨だった日、あったでしょ」

「はあ、確かにひどい雨で……」

「ねえ。あの晩だけど、車で来たお客はいなかった？」

「あの晩でございますか」

「ええ、少し遅い時間だったと思うけど」

「いえ……。あの晩はどなたも……」

「誰も来なかった？」

「はあ。何しろあの雨ですし」

「あなたの係の日はいつ？　毎日じゃないでしょ？」

「さようでございます。交替で、日は決っておりませんが……」

「あの日はあなただったの？」

「はい、私がお出迎えを……」

「じゃあ、もし車で来るお客がいれば、憶えてるわよね」

「そうですね。あの夜はどなたも――」

「それならいいの。ごめんなさい、手間取らせて」

「いえ、とんでもない」

ベルボーイは早々に出て行った。

「――どう思う？」

と、亜由美は聡子の方へ言った。

「おどおどしてたわね。目を合せようとしなかった」

「そうね。それに私がただ『大雨の日』と言っただけなのに、何月何日のことか、訊こうともしなかった。雨の日は他にもあったのに」

「証拠にはならないけど、引っかかるね」

聡子も今度の事件には厳しい。

「他のベルボーイが担当だったとしたら……。ねえ、あの日、この辺を車で通った人って限られると思うのよね。この先まで行ったとも考えられるけど、このホテルに泊ったとしてもふしぎじゃない」

「うん、同感。――でも、どうする?」

「他のベルボーイと話す機会を作りましょ」

と、亜由美は言った。


正面玄関から入るのは初めてだ。

大倉佑太は、ちょっとドキドキしながら、チャイムを鳴らした。

――西郷邸にこの前来たのは、ホームパーティのためのケータリングサービスだった。

ホームパーティといっても、家族と親戚だけが集まるのとはわけが違う。百人単位の規模で、料理も飲物も、〈Sホテル〉の宴会場でのパーティよりずっと大量に用意しなければならなかった。

そのときは屋敷の裏口から入って、準備とパーティの間のサービスで汗びっしょりになった記憶しかない。

玄関のドアが開いた。

「あ、遅くなりまして。〈Sホテル〉の――」

と、あわてて言ったのは、ドアを開けたのが、西郷克郎本人だったからだ。

「やあ、遠くまで悪かったね」

と、克郎は愛想よく言って、「まあ入ってくれ」

「お邪魔いたします」

　すっかり緊張して、佑太は玄関から上った。

　広い玄関ホールがあり、奥の両開きのドアが開いていた。

「ちょっと片付ける用があるんだ。座って待っててくれ」

　と、克郎は言って、佑太を残して出て行ってしまった。

「はあ……」

　ケータリングで訪れたときは、この居間も来客で一杯だった。しかし、たった一人、取り残されると、佑太はその広さに呆然とした。

「僕のアパートの何倍あるかな……」

　と、考えても仕方のないことを呟いてみる。

　壁の絵画、飾り棚、インテリアも重厚で、歴史を感じさせた。

　確か、西郷克郎の父親は西郷良治といって、大手スーパーチェーンのオーナーだ。いや、それはいくつも持っている企業の一つで、他にどんな仕事をしているのか、佑太などは全く知らない。

「僕とは違う世界だな……」

　と、声に出して呟くと、

「どこが違うの？」

　と、声がして、佑太はびっくりした。

「あ……。いえ、どうも……」

　あわてて立ち上る。

二十歳ぐらいだろうか。鮮やかな赤のシャツにジーンズ。じっと佑太を見つめる黒い眼はやたら大きく見えた。

「あなた、誰？」

と、その娘が訊いた。

「〈Sホテル〉の者です。大倉と申します」

「ああ、あのホテル。何の用で？」

「克郎様に呼ばれまして」

「兄さんが？　へえ」

大して関心もなさそうで、「ここ、初めて？」

以前、パーティのケータリングに、と説明すると、

「ああ、あのとき、ボーイの格好して、汗だくで駆け回ってた人？」

と、思い出して笑った。「今日もお料理運んで来たの？」

「いいえ、今日はお車のことで」

「車？　兄さんの？　何かしら」

と、肩をすくめて、「私、西郷しのぶ。克郎兄さんの妹。――一応ね」

どういう意味か分らなかったが、

「よろしくお願いいたします」

と、挨拶しておいた。

しのぶという娘は、ちょっと楽しげに佑太を見ていたが、

「――あなた、恋人いる？」

と、いきなり訊いた。

「は……。近々結婚する予定です」

「へえ、おめでとう」

「ありがとうございます」

そこへ、克郎が戻って来た。

「しのぶ、何してるんだ？」

「別に。この人とお話ししてただけ」

「大倉君、一緒に来てくれ。駐車場は地下なんだ」

「はい」

佑太は、しのぶの方へ、「失礼します」

と、一礼した。

「お幸せに」

としのぶは立って来ると、「これ」

と、佑太の手に何か握らせた。

「あの――」

「結婚のお祝いよ」

と、小声で言って、さっさと行ってしまう。

「あの……」

手の中には、緑色の石をはめ込んだ指環(ゆびわ)があった。

「おい、こっちだ」

克郎はもう廊下に出ていた。

「はい！」

佑太はあわてて克郎について行った。


あの車だ。

一目見て、大倉佑太には分った。

あの大雨の夜、〈Sホテル〉へ西郷克郎たちが乗って来た車である。

「この車なんだ」

と、克郎は言った。「運転できるだろ?」

「はい。――それは、もちろん」

「じゃ、すまないが、すぐ出かけてくれないか。行先はこれだ」

克郎はメモ用紙を渡した。

「かしこまりました。大阪市内でございますね」

「カーナビに入れれば分るだろう」

「はい、承知しております」

「じゃ、これがキーだ」

と、克郎から手渡されたキー。

あの大雨の夜も、これを渡されたんだ。

「じゃ、よろしく頼むよ」

と、克郎は言うと、「たぶん、大阪は夜になるだろう」

「そうでございますね。スピード違反は避けたいと思いますので」

「もちろんだ！　急ぎの仕事ではあるが、やはり安全第一でね」

「かしこまりました」

「大阪までドライブしたら、疲れるだろう。一泊するといい」

と言って、克郎は、佑太の手に一万円札を何枚か握らせた。

「あの、西郷様、こんなことを――」

「いいから、取っといてくれ。向うで何か旨(うま)いもでも食べるといい」

克郎は、佑太の肩を軽く叩いて、「じゃ、よろしく頼む」

と言うと、駐車場から出て行った。

「——どうなってるんだ?」

と、佑太は呟いた。

握らせてくれた金は、十万円もあった。

大阪でホテルに泊って、何か食べても余るだろう。

「——行くか」

佑太は車に乗ろうとして、駐車場の奥にトイレがあるのを見て、寄って行くことにした。高速に入れば、しばらくは走り続けることになるだろう。

戻って、車に乗り込む。

車の傷のことは気になっていたが、今さらどうすることもできない。——この車を大阪へ持って行くのは、もしかするとその傷を、どうにかするためかもしれない。

「どうでもいいや」

自分へ言い聞かせるように言うと、佑太は車のエンジンをかけた。

さすがに大型車の力強いパワーを全身で感じる。

「よし、行こう」

車は走り出して、駐車場から出ると、広い戸外の空間を滑るように駆けて行った。

「今、出発したよ」

と、克郎は〈Sホテル〉の支配人、柳田に電話して言った。

「さようでございますか。何か問題は……」

「いや、特になかった。何も疑わずに行った」

「では、車の盗難届を、いつ出すかでございますね」

「うん。すぐ捕まっちまっちゃまずいだろうしな」

「私に考えがございます」

と、柳田は言った。「少々荒っぽい手ですが」

「構わんよ。どうせ車は捨ててる」

「では、お任せいただいてもよろしいでしょうか」

「うん。任せる。よろしく頼むよ」

「かしこまりました」

「もちろん、それに見合った礼はする。そう思っていてくれ」

「お言葉、恐れ入ります」

と、柳田は言った……。

4　裏街道

「電話よ」

と、女が言った。

「何だ」

「知らないわ。ケータイが鳴ってるだけ」

「ろくでもない用事だろ。放っとけ」

ベッドの中でそう言って、半田(はんだ)は寝返りを打った。

全く、このところ、景気の悪い話ばかりだ。儲(もう)け話などさっぱり入って来ない。

それでも「上」の方へは金を払わなきゃならない。いい仕事を回してくれるのならともかく、儲け話は兄貴分たちがみんなかっさらって行ってしまうのだ。

「――ねえ、出なくていいの?」

と、先にベッドを出た女が、ガウンをはおって言った。「後で私に当らないでよ」

「出ないで放っとけ」と言っておいて、後になって、「どうして起さなかった!」と怒ったりする半田のことをよく分っている。

「じゃ、出てみろよ」

と、半田は呻(うめ)くように言った。

「もう!　不精なんだから。――もしもし」

と、半田の女、弓子(ゆみこ)は言った。「――ええ、半田さん、ここに。――ちょっと待ってね」

「誰だ?」

「柳田とかって。どこかのホテルの人だってよ」

「ホテル? ――ああ、〈Sホテル〉の支配人だ」

あいつはむだな電話はかけて来ないだろう。

「よし、出る」

と、半田は起き上って、弓子からケータイを受け取った。「――柳田か」

「どうも、ごぶさたしまして」

「うまくやってるようじゃないか。この前もどこかの雑誌で見たぜ」

「汗を流してますので。今日は一つお願いがありまして」

「何だ。金になる仕事か」

「それなりには、必ず。ただし、裏の仕事です」

半田が座り直した。

「久しぶりだな。――ちょっと待て」

半田は弓子へ、「部屋を出てろ」

と言った。

「シャワー浴びてるわ。それならいいでしょ」

「ああ、少しのんびり湯に浸ってろ」

弓子がガウンを脱ぎ捨て、全裸でバスルームへ入って行くと、すぐにシャワーの音が聞こえて来た。

「――大丈夫だ」

「お盛んですね。この前とは別の女ですか？」

「大きなお世話だ。それより仕事の話を」

「はい。今、車が一台、大阪へ向っています。高級車です」

「それがどうした？」

「その車は盗難車でして。いえ、まだ届は出ていませんが」

「ややこしそうな話だな」

「盗難車として手配されるその車を、警察が見付ける前に……」

「どうするんだ？」

「粉々に。あるいは黒こげでもよろしいです」

半田はちょっと笑って、

「面白そうな仕事だな」

と言った。「で、その車を運転している奴はどうなるんだ？」

「車と運命を共にしてもらいます。ただし、逃走中、焦って事故を起したということに」

「なるほど」

半田は真顔になって、「そういうことなら、引き受けるにしても、値引きはできないな」

「その必要はありません。支払いは充分に。偽装だとばれないことが第一ですので」

「分った」

半田はちょっと考え込んで、「確実にやってのけるには、人を選ばなくちゃならないな」

「そこは半田様のお力で。よろしくお願いいたします」

と、柳田は言った。「仕事が完了しました暁には、彼女とご一緒に当ホテルに好きなだけお泊り下さい」

「そいつは楽しみだな。その車の話、詳しくは実行を任せる人間を決めてから聞く。余計な人間の耳に入れたくないからな」

「承知いたしました。ただ、もう車は大阪へ向っております。あまり時間が――」

「分ってる。一時間したら、もう一度連絡してくれ」

「かしこまりました。では、くれぐれもよろしく……」

柳田からの通話が切れると、半田はニヤリと笑って、

「久しぶりに面白い仕事が舞い込んだな」

と呟いた。

「――何が面白いの？」

バスルームから、バスタオルを体に巻いた弓子が出て来る。

「何だ、もう出たのか」

「こんな時間に、のんびり浸ってたら、のぼせちゃうわよ。ねえ、お腹すいたの、私。何か食べに行きましょうよ」

と、甘えた声を出す。

「仕事なんだ。お前は、どこかで勝手に食べて帰れ」

「あら、冷たいのね」

と、弓子は口を尖らして、「それなら、上の

フロアの鉄板焼でも食べようかしら」

「好きにしろ。俺の名前を言っとけばいい」

半田はベッドから出ると、「俺もシャワーを浴びて目を覚ます」

と、裸になってバスルームへと入って行った。

弓子はシャワーの音が聞こえてくると、自分のケータイを手にして、半田が置いて行ったケータイの着信履歴を表示させ、それを写真に撮った。

そして服を着ると、半田の札入れから一万円札を七、八枚抜いてバッグへ入れ、口笛など吹きながら、部屋を出て行った……。


「これは大変なお値打の品でございますよ」

と、三つ揃いで寸分の隙もなく決めた男は客の婦人に言った。

「そうね。確かにすてきだわ」

と、ネックレスを指に絡めて、「でも、ドレスの色を選ぶかしら」

「いえいえ、いい物はどんなドレスも引き立てるものでございます。金細工はイタリアの名工のものでして、もうその職人は亡くなっていますので、今は誰にも造れません」

「同じ物が二つはないってことね」

「もちろんでございます」

そこへ、若い店員が、

「辻口主任、お電話が」

と、そっと声をかけた。

「お客様だ」

「緊急の用ということで」

「分った」

辻口は女性客へ、「申し訳ございません、ちょっと失礼いたします」

足早に売場の奥へ入ると、電話に出た。

「辻口です」

「半田だ。急ぎの仕事を頼みたい」

「それは――」

「お前でなきゃやれない仕事だ。今すぐNホテルへ来い。金になるぞ」

辻口はちょっと息をついて、

「承知しました」

と言った。

「仕事をやり終えたら、少し姿を消していた方がいいかもしれん。もちろん、どこででも遊んで暮らせるだけの支払いはある」

「分りました。では」

辻口は、女性客の所へ戻ると、

「申し訳ございません」

と、無表情で言った。「突然父が倒れまして」

「まあ、大変ね。具合は――」

「望みはないということです。後は別の者がうけたまわります」

「分ったわ。ぜひこれをいただきたいわ」

「ありがとうございます」

心の中で、あんたにゃどんな宝石も似合わないよ、と呟きながら、辻口はすぐに売場の奥を抜けて、ロッカールームへ入って行った。

――二十分後には、辻口はNホテルのラウンジで半田と会っていた。

「これがその車の写真とデータだ」

と、半田が封筒を渡す。

「もう出発して何時間だ？」

と、辻口は訊いた。

「二時間だな」

「追い越しておかないといけないぞ」

「分ってる。――これがお前の車のキーだ」

「ここの駐車場に？」

「ああ。三百キロは出る車だ。向うは安全運転してる」

「分った」

と、辻口は肯いた。「事情は訊かないが、相手は素人なのか？　それだけ知りたい」

「ホテルのベルボーイだ。自分がどうなるか、何も知らない」

「なるほど。では特に警戒もしていないわけだな」

「そうだ。やり方は任せる」

「要は、車と、そのボーイをこの世から消すことだな」

辻口はコーヒーを飲み干すと、「では出発する。時間が惜しいからな」

「ああ、よろしく頼む」

辻口が足早にラウンジを出て行く。

半田はケータイで柳田へかけた。

「――ご苦労様です」

「手配は終った。心配はいらないぜ。飛びきり腕のいい奴を選んだからな」

「信じております」

「で、金額の相談をしたい」

「承知しております」

と、柳田は言った。「先方は名前を出したくないでしょうから、私が間に入って」

「手数料を取るか。――抜け目のない奴だな」

と、半田は笑った。

「ビジネスでございますから」

「分った。こっちの希望を伝えてくれ。人一人やるんだ。安くはやれないい」

「ただ、大物政治家というわけではありません。たかがベルボーイ一人ですよ」

「いや、人の命は平等だからな」

半田は金額を告げた。柳田は少し間を置いて、

「では、先方へお伝えして、ご返事を」

「それ以下じゃ、手を引くぜ」

「そう伝えます。では……」

柳田は通話を終えると、ホテルの廊下を歩いて行った。

西郷へ連絡して、金額を伝える。――まず呑むだろうと思っていた。

大倉佑太ごと、車を処分する。

あの車と、佑太がいる限り、西郷克郎は殺人犯でいなければならないのだ。

事故といっても、二人の人間を死なせたのだ。万が一、発覚すれば父親の西郷良治の事業も、無事ではすまない。

柳田の、支配人室へ戻る足取りは、自然と速くなった。

「たかがベルボーイ一人」

柳田はそう言った。

「佑太のことだわ」

と、桐山弥生は呟いた。「間違いない」

あれはどういう意味だろう？

そっとドアを開けて、弥生は廊下へ出た。

柳田が足を止めて、ケータイで話していたとき、弥生はチェックアウトした客室を見に来ていた。

そして、ドアを開けて出ようとしたとき、柳田の声を聞いて手を止めた。しかし、ドアは細く開いたままだったので、柳田の声はよく聞こえたのだ。

柳田は、全く気付かないまま、行ってしまった。

柳田の話し方も声の調子も、いつもの愛想のいい支配人ではなかった。どこかゾッとさせるような冷ややかさがあった。

たかがベルボーイ一人……。

それが佑太に違いないとして、どうしようというのだろう？

柳田が、佑太のことを厄介に思っていることは弥生にも分っていた。

　車の傷のことを、佑太はずっと気にしている。真面目な佑太らしいことだ。

　本当は何があったのか、弥生は知らない。考えたくもなかった。

　弥生はそれで自分を納得させられる。しかし、佑太は……。

　そこへ、「西郷の車を大阪まで運べ」という命令だ。――佑太は仕事だと思えば、ちゃんとやりとげるだろう。

　その上で、柳田は佑太をクビにでもするのかもしれない、と弥生は思っていた。

　だが……。「たかがベルボーイ一人」とはどういうことか。

　柳田が話していた相手は誰なのだろう？

　そのとき、弥生のケータイが鳴って、

「キャッ！」

と、飛び上りそうになった。

　フロントからだ。

「はい、桐山です。――塚川様が？」

「話したいことがあるって。部屋へ行ってくれ。何か部屋のご不満かもしれない」

「分りました。すぐ伺います」

　弥生はエレベーターへと歩き出した。

5　道連れ

　道路は空いていて、車は順調に走っていた。

　大倉佑太は、この大型車を、やや不安な気分で運転し始めたものの、しばらく走らせる内に、ドライブそのものの快適さに心が浮き立って来た。

「やっぱりいい車は違うな」

　と、思わず口に出していた。「いつか、俺もこんな車に……。ちょっと無理か」

　と笑うと、

「次のサービスエリアで休むか」

　と言った。「軽く食べといた方がいいだろうな」

　この調子なら、もう少しスピードを出して、早めに先方へ着けるかもしれない。大阪の夜を、のんびり楽しんでみるのも悪くない。

　そんなことを考えながら、しかし、佑太はバーやクラブなど行ったこともない。

　そんな所に入ったら、却って気をつかって汗をかくのが関の山だ。

　今夜中に〈Sホテル〉に戻るのは難しいだろうが、朝早くの新幹線で帰れば、もしかしたらうまく弥生と落ち合えるかもしれない。

　明日は、何時からのシフトだったかな？

先方に着いたら、弥生に連絡してみよう。

ウインカーを出し、佑太は車をサービスエリアへと入れた。

車を駐車させると、

「さて、何を食べようかな」

と、エンジンを切った。

すると――。

「私もお腹ペコペコ」

突然、後ろで声がして、佑太は飛び上りそうになった。

振り向くと――後部座席に座って手を振っているのは、女の子――あの西郷邸の居間で会った、しのぶという娘だった。

「ど、どうして……」

びっくりして言葉にならない。

西郷しのぶは愉快そうに笑って、

「大丈夫？　口きけなくなったの？」

「そんな……。驚くじゃないか！」

「そりゃ、びっくりさせようと思ってたんだもの」

「一体どうやって――」

「隠れてたわけじゃないわ。ただ後部座席で横になってただけ。少しウトウトしたわ。あなた、運転上手ね」

「どうも。――いや、そんなことじゃ……」

「あなた、車で出る前、トイレに行ったでしょ。私、その間に忍び込んだの」

「それにしたって……」

と、佑太は息をついた。「どうするんです？　僕は西郷様の頼みで——」

「知ってるわ。この車を大阪までね。でも何だか妙じゃない？　こんな仕事、年中あるの？」

「いえ……。初めてです」

「そうよね。——ともかく、お腹空いたの！　何か食べましょ！」

と、しのぶは元気よく言った。

佑太も今はこの娘の言う通りにするしかないと分っていた。

「セルフサービスですが、何がいいですか？」

中の食堂に入ると、佑太は訊いた。「取って来ますよ」

「いいわよ、そんなこと」

と、しのぶは言った。「あなたは、うちの使用人じゃないんだから。私、ちゃんと並んで自分で払うわ。お財布持ってるもの」

「でも——」

「そんなこと、いちいち気つかってたら、あなた胃に穴があくわよ」

トレイを手に、カウンターへ向うしのぶに、佑太はあわててついて行った。

「——今は、こういう所も結構おいしいわね」

〈しょうが焼定食〉を食べながら、しのぶは言った。

佑太も同じものを食べていた。しのぶが注文するのを聞いていて、つい頼んでしまったのだ。

「でも、お嬢さん——」

と言いかけると、

「やめて！」

と、しのぶは遮って、「言ったでしょ。あなたは——」

「お宅の使用人じゃない。それはそうです。でも——」

「『しのぶ』でいいわよ」

「しのぶさん。急にいなくなって、お宅で捜してますよ」

と、佑太は言った。「僕はあなたを誘拐したとか言われるのはいやですからね」

「真面目ね」

と、しのぶは微笑んで、「大倉君だっけ？　名前の方は？」

「佑太です。大倉佑太」

「佑太君か。いいじゃない。似合ってるわ」

「どうも……」

「心配しなくていいわよ。私、里美さんのケータイに、今夜は友達の家に泊る、ってメール入れといたから」

「里美さん、というのは……」

「克郎兄さんの奥さんよ。まだ新妻ね」

「ああ、あのときの……」

と言いかけて、やめた。

「そう。結婚した日に、二人は〈Sホテル〉に泊ったのよね。あなた、そのとき里美さんにも会ったんでしょ？」

「お見かけしただけです。車を駐車場へ入れてましたから」

「今乗って来た車よね」

「ええ」

「妙よね。兄さん、あの車を気に入ってて、もちろん他にも持ってはいるけど、たいていあの車に乗ってたわ。でも、結婚してから、一度もあれに乗ってないの」

「そうですか」

佑太は食べる方に専念した。

「――私ね、母親が違うの」

と、しのぶが言った。

「は?」

「克郎兄さんは、父と、奥さんの間の子。でも、奥さんは早く亡くなった。私は、父が愛人にしていた、元秘書の子。母は車の事故で死んだの。私が十歳のとき。それで、私は父の所に」

「そうですか。それで年齢が離れてるんですね」

「そうね。克郎兄さんは三十四。私は二十一だから、十三歳違い」

「なんとなく……あのお屋敷に合わない感じでした」

と言って、佑太は、「あ、すみません。別にあなたが、どうだとかいう意味では……」

と、あわてて付け加えた。

「いいのよ。私だって、そう思ってる」

佑太はお茶をひと口飲むと、

「こんなこと、よくやるんですか?」

と訊いた。

「そうね。兄さんは私のことなんか気にもしてない。どこに行こうと、何をしてようとね」

と、しのぶは言って、「そういえば、あなた、結婚するって言ってたっけ」

「はあ。――あ、そうだ」

佑太はポケットから、しのぶに渡された指環を取り出した。「こんな物、いただくわけには――」

「結婚祝いだって言ったでしょ。一旦あげた物は返されても受け取らない」

佑太は困った表情で、しかしどうしようもなく、指環をポケットに戻した。

しのぶは定食を食べ終って、お茶を飲みながら、

「ね、佑太君」

「はあ」

「そんなに早く大阪に着かなくてもいいんでしょ?」

「それは……」

「ちょっと寄り道して行きましょうよ!」

「そんなこと――」

「分りゃしないわ。大阪には今日中に着けばいいでしょ? 今夜十二時までは『今日中』よ」

「でも――どこに行くんです?」

「私に任せて。そう手間取らないわ」

しのぶはそう決めつけて、「じゃ、早いとこ出かけましょうか」

と、立ち上った。

「――もう一人、ですか」

と、桐山弥生は訊き返した。

「ええ。もう一人、ベルボーイさんがいるでしょ？　ここへ呼んでちょうだい」

「さっき伺った者では何かご不満でございましょうか」

と、弥生は言った。

「ぜひお訊きしたいことがあるの。あの大雨が降った日に、車でここに着いた客がいなかったか」

「――どうしてそんなことを――」

「あなたがここへ寄こしたベルボーイさんは、大雨の日にいたと言ってたけど、それは嘘ね」

と、亜由美は言った。「どうして、嘘をつかせたの？」

弥生は答えられなかった。――亜由美は、

「あの大雨の夜、このホテルへ向う車の通る道で事故があった。知ってる？」

と言った。「母親の発作を止める薬を取りに行こうとしてた女の子が、自転車で急いでいたところを、車にはねられて死んだ。そして、そのお母さんも亡くなった」

弥生は目を伏せた。――亜由美は続けて、

「その車がここへやって来たのなら、出迎えたベルボーイさんは見ているかもしれない。車についているはずの傷にも気付いたかも」

亜由美はじっと弥生を見つめて、「あなた、何か知ってるんじゃない？」

と言った。

「知りません」

と、弥生は首を振って、「何も知りません！」

その様子を見れば、弥生が嘘をついていることは明らかだった。

「お願い、本当のことを言って」

と、神田聡子が言った。「私のよく知っている子だったの。お母さんを助けようとして、あんな目にあうなんて、あんまり可哀そうだわ」

「失礼します」

クルッと背を向けて、ドアの方へ歩き出すと、走り出たドン・ファンが目の前を遮って、

「ワン」

と、ひと声吠えた。

弥生はギクリとして、じっと自分を見上げるドン・ファンの目を見つめた。

この犬は――何を言おうとしてるの？　あの目は、私を責めてる。いいえ、そうじゃない。でも、私を憐(あわ)れむように見つめてる……。

弥生は、よろけるように、そばのソファに身をもたせかけると、そのままカーペットに座り込んでしまった。

「――桐山さん」

と、亜由美は歩み寄って、「言って。本当のことを」

弥生は両手で顔を覆った。――すると、ド

ン・ファンがトットットッと近寄って、その膝に前肢の片方をのせた。

弥生はドン・ファンを見下ろした。

弥生の全身から力が抜けた。

「――佑太が」

「え？」

「大倉佑太。あの夜、到着を待ってたんです。予定よりずいぶん遅れて、夜中に着かれるお客様を……」

「大倉佑太さんというのね」

「佑太は……私の婚約者です」

と、弥生は言った。「気にしていました。あの車の傷を……」

「誰の車だったの？」

と、亜由美が訊くと、弥生は、

「佑太は……どうかなってしまうかも」

と言った。「『たかがベルボーイ一人だ』と言ったんです。『たかが』って」

「桐山さん……」

「佑太は――車を運ぶ仕事で、さっき出かけて行きました。西郷様からのご依頼で」

「西郷？」

「あの夜、車でみえたのは、西郷様です。でも、このホテルの一番のお得意様で、車の傷のことは、誰にも言えませんでした」

「待って。じゃ、佑太さんという人は――」

「きっと、あの車をどこか他の所へ移すのが仕事なんだと思ってました。でも、支配人が……。

誰かとケータイで話してたんです。そして、『たかがベルボーイ一人だ』と……」

「それは……消されようとしてるんじゃないの、その佑太さんが」

「もしかすると……。私、そう思うと怖くて」

「でも、放っといたら、佑太さんがどうなるか。――あなた、婚約してるって言ったわね」

「ええ。本当に真面目で、いい人なんです」

「それで、支配人っていうのは、どうしてそんなことを――」

「分りません。私、たまたま聞いてしまったんですけど、いつもの支配人と、まるで別人みたいで……」

弥生が、そのときの状況を説明すると、

「支配人って、何て名前？」

と、亜由美は訊いた。

「あの――柳田です。柳田初（はじめ）」

「分ったわ。あなた、ここにあんまり長くいると、おかしいと思われるでしょ。もう行って。いつも通り仕事をしてちょうだい」

「お客様は……」

「塚川亜由美。亜由美と呼んで。私、急いで当ってみる。その佑太さんが危険なら、何とかして止めないと。連絡してみた？」

「ケータイにかけてみましたけど、車を走らせているので、切ってるようなんです」

「ともかく、連絡をつけて、そのドライブを中断させないと」

「やってみます」

「佑太さんを助けましょ。ね？」

「はい」

と、弥生は肯いて、部屋を出て行った。

「信用して大丈夫？」

と、聡子が言った。

「今は信じるしかないでしょ」

亜由美は、殿永のケータイへかけた。

「殿永さん？　緊急なの。調べてほしいんですけど。——そう。例の車、西郷って男の車かもしれないの。それと、〈Sホテル〉の柳田初って支配人のこと、調べて。それとね——」

早口で、まくし立てるようにしゃべる亜由美に、殿永はさぞあわてていることだろう。

しかし、そんなことにはお構いなく、亜由美は話し続けた。

6　寄り道

「なかなか来られなくて」

と、しのぶは言って、手を合せた。

佑太は、静かな墓地の中を見渡した。

しのぶの指示する通り車を走らせて来たら、この墓地へやって来た。——しのぶの母親の墓があるのだった。

「谷内恭子(たにうちきょうこ)っていったの、お母さん」

と、しのぶは言った。「私を産んだとき、三十二歳だった。四十二で亡くなったの」


しのぶは、佑太が墓の周囲の雑草をせっせと抜いているのを見て、

「そんなことまで……。ありがとう」

と言った。

「いや……。周りのお墓を見ると、ほとんど雑草に埋もれかけてるじゃないですか。何だかそこで眠ってる人も寂しいだろうって気がして。——いえ、好きでやってるんですから」

腰をかがめて、必死に草むしりをしている佑太を、しのぶはじっと見ていた。

「——大分きれいになりましたね」

と、佑太は汗を拭って、「でも、またすぐ伸びて来ちゃうんだろうな、雑草は」

「そうね。それが生きてるってことよね」

しのぶは佑太の手を見て、「手が汚れてるわよ」

「その辺に水道が。ちょっと洗って来ます」

佑太は、脱いだ上着を手近な枝に掛けてあった。手を洗っている佑太を見ていたしのぶは、ふと上着のポケットからケータイを取り出していた。

電源を入れてみると――何度か〈弥生〉から着信があり、メールも入っていた。

手を洗って、佑太は戻って来ると、

「じゃ、出かけましょうか。のんびりしてると、本当に大阪が夜中になっちゃいますよ」

と、ハンカチで手を拭いた。

「ねえ、佑太君」

「は？」

「克郎兄さんのあの車、何があったの？」

佑太は黙って目をそらすと、上着を着た。

「――何かあったんでしょ」

と、しのぶは言った。「兄さんが、あんなに気に入ってた車に、突然乗らなくなった。何かあったとしか思えないじゃないの」

「あったとしても、僕とは関係のないことです。僕はただ車を言われた所へ届けるだけで――」

「事故を起したのね。ひき逃げか、人をはねたのか」

「もう行きますよ。僕はクビになりたくないです」

佑太は車の方へと歩き出した。

しのぶはその後を追いかけて行き、車の助手席に座った。

佑太が車を出して、広い通りへ出ると、

「佑太君」

と、しのぶが言った。「もう一つ、寄りたい所があるの」

「え？　でも、これ以上遅くなったら――」

「お願い。時間は取らないから」

しのぶはじっと佑太を見つめていた。

「――分りました」

と、佑太は諦めて、「どこへ寄るんですか？」

「言う通りにして。そこを左折。後は真直ぐ道なりに」

と、しのぶは言って、座り直した。


「もしもし、殿永さん？」

亜由美は〈Sホテル〉のロビーで、ケータイを手にしていた。「写真、届いた？」

「ええ、確かに」

と、殿永が答えた。

「ちゃんと写ってたかしら？　確かめてないんだけど」

「大丈夫です。顔はしっかり分りました」

殿永から頼まれたのである。

「柳田という支配人の写真を撮って、送ってもらえませんか」

と――。

「それで……」

「今、〈Sホテル〉へ向っています」

と、殿永は言った。「大倉というベルボーイに連絡はつきましたか?」

「いいえ、まだみたい。弥生さんがメール送ってるけど、見てないのね、きっと」

「西郷良治という男の車ですね。乗っていたのは息子の克郎。結婚式の後、大雨の中を〈Sホテル〉へ向ってます」

「じゃ、やっぱり!」

亜由美はロビーのソファにかけて、フロントの方へ目をやっていた。

すると、支配人の柳田が、急いでいる様子で、ロビーを横切って行くのが目に入った。

「柳田がどこかへ出かけるみたいよ」

「何とか引き止めて下さい!」

「でも――」

亜由美は一瞬、考えてから、「ドン・ファン! 行け!」

亜由美の足下から、ドン・ファンが駆け出すと、玄関を出ようとしていた柳田の前へ飛び出した。

「ワッ!」

と、柳田がつまずきかけて、よろける。

「キャン!」

と、ひと声叫んで、ドン・ファンが引っくり返った。

「ドン・ファン!」

亜由美は猛然と駆けつけて、「何てことするのよ！　ドン・ファンをけとばしたわね！」

「いえ、決して――」

「見てよ！　気を失ってるじゃないの！　可哀そうなドン・ファン！」

と、亜由美はドン・ファンを抱き上げて、

「ただじゃすまさないからね！　殺人罪で訴えてやる！」

呆然としている柳田へと、亜由美は食ってかかった。


どこへ行くんだろう？

里美は、その車が屋敷の駐車場から出て来るのを、たまたま目にしたのだった。

その日、里美は高級家具のショールームに行っての帰りだった。

もちろん、西郷邸には、何でも揃っているし、家事はお手伝いの人がやってくれる。克郎と結婚したものの、里美にはほとんどやることがない。

せめて食事の用意でも、と思ったが、結婚してみると、西郷克郎は父親の経営に係(かかわ)っていて、毎日忙しく、ほとんど夕食どきに帰宅していることがなかった。

忙しい人間というのは、少なくともビジネスの世界では外食が当り前ということを知ったのである。

そうなると――自分の過す部屋くらいは自分の好みに作り直したい。

カーテン、壁布、カーペット、飾り棚、書きもの机など……。

今あるものは、古かったり、デザインや色が気に入らなかった。

それで、朝から自分の車で出かけた。前から顔見知りの輸入家具の会社のショールームで、そこのデザインは、里美も気に入っていたのだ。

前もって電話しておいたので、担当者が待っていてくれて、里美の好みに合いそうな品を揃えていた。

あまり時間をかけずに、選ぶことができた。カーテンなどは製作しなければならないので、二週間ほどかかるが、他の家具もそのころには間に合うというので、

「じゃ、全部一緒に、お願い」

「かしこまりました」

――そのショールームの近くでランチを取り、車で帰って来た。

そして、屋敷が見えて来る所まで来たとき、あ、あの車が、走り出て来るのを目にしたのである。

あの人――どこへ行くのかしら？

里美は、夫、克郎が一番気に入っているはずのあの車に、全く乗らなくなったことが気になっていた。

あの大雨の夜、克郎の様子は明らかにおかしかった。――里美は、考えないようにしようと思った。

しかし、そう思えば思うほど、あの車のこと

が気になってしまう。考えないようにしても、そう努力することで、却って気になるのだ……。

その車に、久しぶりに乗っている。

とっさのことだったが、里美はその車について行った。

いつも出かけるときの道ではない。

里美は、その車と少し距離を置いて、ついて行った。

——運転しているのが夫ではないと気付いたのは、車が高速道路へ入ってからだった。

「どうしよう……」

あの車について行く意味がない。しかし、高速へ入ってしまっては、すぐに出るわけにいかなかった。

前の車に目をやりながら、一体誰が運転しているのだろう、と首をかしげた。

自分の気に入っている車を見も知らぬ他人に運転させることは、まず考えられない。あれは一体……。

車はサービスエリアに入って行く。里美もそれについて行った。

そして……。

「しのぶさん？」

里美は車から降りて来たのが、しのぶと知ってびっくりした。

どこに乗っていたんだろう？　少なくとも、後ろの車からは見えていなかった。

そして、車を運転していたのは、若い男だった。――二人して、食堂へと入って行く。

里美は、ケータイに、しのぶから〈友だちの家に泊る〉とメールが入っていたことを思い出した。

ここまで来たら、引き返すというわけにはいかない。里美も車を停めると、食堂へと入って行った……。


「どういうことなんです？」

と、佑太は訊いた。

「怒ってる？」

と、しのぶが愉快そうに言った。

「怒っちゃいませんけど……。いつもこんなことしてるんですか？」

怒っていると言いたかったが、言えやしない。誘われるままに、インターチェンジ近くのホテルに車を入れ、ベッドに引張り込まれて、拒むでもなく抱いてしまったのだから。

「そんな女じゃないわ」

と、しのぶは言った。「あなたが母のお墓の草むしりをしてくれたから、そのお礼」

「そんなことで？」

「でも、普通ならやってくれないわよ。私、人にやさしくされたことって、あんまりないの。みんな私を敬遠して、冷たく見てる。いじめはしなくても、『あんな奴とは係りたくない』って思ってる」

しのぶはベッドの中で伸びをして、「心配しないで。私、ピル飲んでるから大丈夫」

「大丈夫って言われても……」

「彼女に申し訳ない？　私は絶対に言わないから」

「もうこれきりにして下さい」

と、佑太はため息をついた。「弥生の目を見られなくなっちまう」

「真面目なのね」

と、しのぶはちょっと笑って、「今どき、博物館レベルの堅物ね」

「ともかく、こんなことがばれたら、僕はクビですよ」

「そうかしら？　でも、これがなくても、クビが飛ぶかもしれないわよ」

「どういうことです？」

「だって——あなたにあの車を運転させること自体、普通じゃないわ。兄さんは何か考えてるのよ、絶対」

「しのぶさん……」

「あのね、ああいう家の人間のことを信じちゃだめよ。あの人たちにとっちゃ、大切なのは自分を守ることだけ。そのためなら、他の人間に、どんなことでもする。どんなことでもね」

「あの車をどうするつもりなのか、そりゃ気になりますよ」

と、佑太は言った。「たぶん大阪で、解体するとか……」

「それならいいけど……」

「え？　じゃ、どうなるって言うんです？」

「ああいう人たちの考えてることは分らないけど、何か感じるわ。よからぬことをね」

「そんな……。脅かさないで下さいよ」

「――せっかく入ったんだから」

と、しのぶは急に陽気になって、「もう一度どう？」

と、佑太の上にまたがった。

「もうやめて下さいよ！　ね、もうこれ以上……」

とは言いながら、結局、佑太の若い肉体はしのぶの白く柔らかい肌に勝てなかったのである……。


そのホテルの出入口が見える所に車を停めて、里美は待っていた。

そして、あの若者のことも思い出していた。

あのホテルのベルボーイ。そうだ、あの大雨の夜、あの車を駐車場へ入れたのだった。

しかし、なぜあの男の子があの車を運転しているのだろう？

このホテルへ誘ったのは、おそらくしのぶの方だろう。――里美は、二人が墓地へ行って、しのぶが墓に手を合せるのも見ていた。

しのぶが克郎とは母親が違うということ――その辺の事情は里美も知っていた。あの墓はきっとしのぶの母親のものだろう。

そして、雑草をせっせと抜いているベルボーイの姿に、里美も感心した。しのぶも、きっと嬉しかっただろう。

その流れでこのホテルへ。――里美にはしのぶの気持が分る気がした。

あの屋敷で、何不自由なく暮していても、しのぶは孤独だろう。里美には、それでもよく話しかけてくるのだったが、克郎がそういう場に居合せると、はっきりいやな顔をして、しのぶは立ち去ってしまう。

そんな経験をしていたから、里美はしのぶに同情もしていたし、どこか妹のような親しみを覚えていた。

ケータイが鳴って、里美はびっくりした。

克郎からだ。


「――もしもし」

「ああ、今日はどこへ出かけてるんだっけ？」

と、克郎は言った。

「私の部屋の内装や家具のことで、ショールームに行ったの」

「ああ、そうか！　忘れてたよ。そうだったな」

「あなた、もうお家？」

「うん。ちょっと警察に寄ってね」

「何かあったの？」

「車を盗まれたんだ。一番気に入ってた車だよ」

「まあ。どうしてそんな……」

「いや、この前泊ったホテル――〈Sホテル〉、憶えてるだろ？」

「ええ、もちろん」

「あそこのベルボーイの大倉って奴なんだ。車を盗んで逃げてる」

「それは……大変ね」

「今、手配が回ってるからな。じき見付かるさ。まだかかるのか？」

「もう少し。——どうせならまとめて決めておきたいの」

「いいじゃないか。僕はこれからちょっと出かける。食事もすませてくるよ」

「私もそうするわ」

里美は通話を切って、息をついた。

車を盗んだ？　とてもそうは見えなかった。


大倉というベルボーイに、そんなことをする理由がない。

「あなた……」

夫は何か企(たくら)んでいる。

里美は、自分の内にこみ上げてくるもの——あの人と結婚して良かったのだろうか、という問いを見つめていた。


「やれやれ、参ったな！」

柳田は汗を拭いた。

たかが犬一匹で大騒ぎだ。

ああもヒステリックにわめかれては、放って行くわけにもいかない。

廊下へ出て一息つくと、ケータイが鳴った。

「もしもし」

「半田だ」

「どうなりました?」

「奴はどこへ向ってるんだ?」

「え?」

「とっくに追い越してるはずだが、車が見付からないそうだ」

「そんな……。ちゃんと出発してるんですから」

「連絡してみろ。どこかへ寄り道してるのかもしれん」

「そんな奴じゃないんですが……。分りました」

柳田はロビーへ出てくると、大倉佑太のケータイへかけたが、つながらない。

「おい、桐山はどこだ?」

と、フロントへ声をかける。

「さあ。大方、客室のチェックに――」

「そうか。ケータイへかけて、支配人室へ来いと言え」

「分りました」

柳田は支配人室へ戻ると、

「困ったな……」

もし、あの車が警察に見付かってしまったら……。

ドアが開いた。

「おい、弥生、大倉はどこにいるんだ?」

と、大きな声を出してから――。

「誰だ？」

　と、柳田は言った。

　どこかで見たことのあるような……。

「大したもんだな」

　と、殿永は言った。「ホテルの支配人か？　いつから〈柳田〉なんて名になったんだ？　〈小俣猛（おまたたけし）〉が」

「あんたは……」

「殿永だ。忘れたのか」

　柳田は息を呑んだが、

「――何だっていうんだ？　〈柳田〉は芸名みたいなもんだ。違う名を使っちゃいけないってことはないだろ」

　と、胸を張って見せた。


「何もかも片付いてりゃな」

　と、殿永は言った。「残念ながら、小俣猛に騙（だま）されたって訴えてる人間が何十人もいるんだ。本名に戻ってもらおう」

「急にそう言われても……」

　柳田は引出しを開けた。

　殿永が拳銃を抜く方が早かった。

　柳田は、手を止められないまま、引出しから拳銃を取り出していた。

「それを捨てろ」

「いやだ！」

　柳田が銃口を殿永へ向ける。

　殿永の放った弾丸が柳田の肩を撃ち抜いた。

　拳銃を落として、柳田はズルズルと床へ倒れた。

「救急車を呼べ！」

殿永が、ついて来ていた部下へ言った。

「殿永さん！」

亜由美が駆けつけて来た。

「おかげさまで、悪質な詐欺師を逮捕できましたよ」

「それより、ベルボーイの方は？　――ちょっと、あんた！　大倉佑太をどうしようっていうのよ！」

亜由美は肩を撃たれて呻いている支配人へ、殴りかからんばかりにして言った。

7　狙う男

手間を取らせやがる……。

辻口は、その車がやって来るのを見て、舌打ちした。

散々心当りを捜して、やっと見付けたのだ。金になる仕事を、危うく取りこぼすところだった。

「——女か」

その車は、辻口の乗ったスポーツカーのそばを走り抜けて行った。元の高速へ戻るのだろう。

そして、車の助手席には若い女が座っていた。

「とんだ真面目人間だな」

半田の話では、至って真面目なベルボーイだということだった。しかし、どう見ても、あの女と近くのホテルに入っていたのだ。

「まあいい」

ともかく見付けたのだ。——辻口は車を出して、大倉佑太と女の乗った車を尾けて行った。

ここでは無理だ。すぐにインターチェンジだし、周囲は住宅とホテルが立ち並んでいる。

どこかで高速を出るようにさせる。そして、車ごと燃やす。

あの女は？　仕方ない。二人殺すなら、料金もプラスしてほしいところだが。

奴が女をどこかで降ろしてくれればいいのだが。

辻口は予定と違うことが嫌いだった。殺しにしてもそうだ。

まあ、女が一緒なら、却って奴は抵抗しないかもしれない。

「近過ぎるか」

辻口は、佑太の車と、少し距離を取った。

あの車は……。

里美は首をかしげた。

ホテルを出た車に、少し離れてついて来た里美だったが、里美の車の前に入って来たスポーツカーがあった。

「どういうこと？」

あのスポーツカーは、道から外れて停っていたのが、佑太の車の後にぴったりとついて行った。

あれはどう見ても尾行だ。

里美は、スポーツカーにあまり近付かないようにスピードを落とした。

車を盗まれたことにして、どこかで解体でもするのだろうか？　だとすれば、わざわざ警察へ届けを出したりするだろうか。

里美には、夫の考えていることが分らなかった。

しかし、ここで放り出すことはできない。夫、克郎が何を考えているのか、妻として知っておかなければ……。

「ごめん」

と、助手席のしのぶが言った。「ちょっとトイレに寄りたい」

「分った」

と、佑太は肯いて、「もうじきサービスエリアだ。寄ろう」

「お願い」

しのぶはリクライニングを倒して、「私、何だかとても胸がスッとして、いい気分だわ」

「良かったね」

「あなたと寝たせいかな」

佑太はチラッとしのぶを見て、

「もうこれきりって……」

「人生は予定通りにはいかないものよ」

と、しのぶが楽しそうに言った。「私、やっぱりあなたと別れられないわ」

「そう言われても……」

「決めた。私、あなたと結婚する」

「ね、ちょっと――」

「逆らってもむだよ。私、一度決めたら変えないんだから」

「そんな無茶な……」

ともかくサービスエリアが近かった。佑太はウインカーを出して、外側の車線に移った。

「いいぞ」

と、辻口は呟いた。

あの車がサービスエリアに入るようだ。

一旦車を降りるだろう。機会は必ずある。

辻口は小型の拳銃を上着の内ポケットへ入れた。


佑太は車を停めた。

「あなたも降りる？」

と、しのぶがシートベルトを外しながら訊いた。

「そうだな。コーヒーでも飲もうか。この先はしばらく休む所がないし」

「じゃ、私も行くわ」

しのぶが車を降りて化粧室へ向う。佑太も降りると、カフェになっているスペースへと入って行った。

自販機でなく、カウンターで、ちゃんとカップに入ったコーヒーを買って、テーブルについた。

――ふしぎな子だ。

コーヒーを飲みながら、佑太は思った。

生い立ちのせいだろうか、ただの金持のわがまま娘とは違うことはよく分る。

「だからって……」

結婚する？　冗談じゃない！

こっちはただのホテルのボーイだ。あんなぜいたくに慣れた女性なんて……。

いや、そんなことより――僕には弥生がい

る！

そうだ。弥生を愛しているんだ！

ふと思い付いて、佑太はケータイを取り出すと、電源を入れた。

「——え？」

何だ、これ？　——佑太は、ケータイに何十回も弥生から電話して来ているのを見て、びっくりした。メールも来ている。

しかし、これは普通じゃない！

佑太は弥生のケータイへかけた。

「——もしもし」

「佑太！　無事なの？」

という弥生の声が飛び出して来た。

「うん。どうしたっていうんだ？」

面食らっていると、

「良かった！　今、どこにいるの？」

「サービスエリアだよ。ちょっとトイレに——。いや、ひと息入れようと思って」

「あのね、すぐに戻って」

「何だって？」

「あなた、殺されるわ」

佑太は呆気（あっけ）に取られて、

「今……『殺される』って言ったのか？」

「そうよ。すぐ戻って来て！」

「でも、どうして僕が——」

と言いかけたとき、佑太の手からケータイを引ったくった男がいた。

「おい！　何するんだ！」

「大声を出すな」

佑太は脇腹に押し当てられた固い物を見下ろした。拳銃だ。

「どういうこと？」

これって、何かの冗談？　——佑太がついそう思っても無理はないというものだろう。

「今、聞いただろう。お前は殺されるんだ」

と、男は言った。

「でも——」

「連れの彼女も道連れにしたいか？」

佑太は青ざめた。これは現実なんだ！

「やめてくれ。彼女は関係ない」

「なら、おとなしく外へ出ろ。車へ戻るんだ」

「分った。でも、カップを返さないと……」

「放っとけ」

と、男は苦笑して、「律儀な奴だな」

佑太は、拳銃を押し当てられたまま、カフェから表に出た。

「どうするんだ？」

「車を運転するんだ」

と、男は言った。「車を走らせてる間は生きてられる」

「だけど……」

「詳しいことは知らなくていい。——乗れ」

佑太は言われるままに、自分の乗って来た車の運転席へ乗り込んだ。

男は後ろの座席に座ると、銃口を佑太の首筋へピタリと当てて、

「車を出せ」

と言った。

そのとき、トイレから出て、しのぶが歩いて来るのが佑太の目に入った。

しのぶは車が動き出すのを見てびっくりすると、

「ちょっと！　どうするの！」

と、車の方へ駆けて来る。

「早く出せ！」

と、男が言った。

車の前を、ワゴンから降りて来た親子連れが横切った。あわててブレーキを踏む。

しのぶが走って来ると、車の窓を叩いた。

「危い！　来るな！」

と、佑太は叫んだ。

男が、後ろの窓を下ろして、銃をしのぶへ向ける。佑太は、

「やめろ！」

と叫んで、アクセルを踏み込んだ。

何とか親子連れをよけて、車は一気にスピードを上げた。同時に銃声がした。

左腕を銃弾がかすめて、しのぶは傷を押えてうずくまった。

「しのぶさん！」

と、里美が駆けつけて来る。

「あ……。里美さん、どうして？」

「けがは？」

「大したことない。でもあれって――」

「大倉ってベルボーイね。克郎さんが、何か企んでるのよ」

「佑太はどうなるの？」

「待って」

里美はケータイを取り出した。「今の男、あの車を尾けて来たのよ」

「どうして佑太の車を？」

「血が出てる。中へ入って手当してもらわないと」

「これぐらい大丈夫。それより佑太は――」

「佑太って、あのベルボーイのことね？　二人がホテルへ入ったのも見ていたわ。あの男はホテルの近くで待ち構えてた」

「どうして拳銃なんか――」

「克郎さんは、あの車で人をはねたんだと思うわ。そのことを何とかして隠そうとしてる」

里美は一瞬ためらったが、「追いかけないと見失ってしまうわ。私の車で追跡する。しのぶさん――」

「私も行く！　こんな傷、大したことない。私、佑太に惚れちゃったの」

「まあ……」

里美も絶句したが、今は早くあの車を追うことだ。

里美の車に乗って、二人は佑太の車を追って走り出した。

――しのぶは、腕の傷にハンカチを押し当て

て、ベルトで縛ると、

「私、小さいころから、よくけがする子だったの」

と言った。「自分で包帯したりするの、慣れてるのよ」

小型車だが、ともかく目一杯スピードを出して走らせる。

「──盗難車?」

しのぶは、里美の話を聞いて啞然とした。

「それって、どういうこと?」

「はっきりは分らないけど……」

と、里美はじっと前方を見つめながら、「克郎さんは、人をはねた痕のあるあの車を処分したいんだと思う」

「傷はあるわ。佑太もそれに気付いてた」

「佑太さんと車。その二つを始末すれば、何もなかったことにできる」

「そんな……。でも、里美さん、佑太を助けたら、克郎さんは……」

「ええ、分ってる。でも、自分で起したことなら、自分で償ってほしいわ。見捨てはしない」

里美はしのぶへ自分のケータイを渡して、

「警察へ通報できる?」

と言った。

「待って」

しのぶは自分のケータイを取り出すと、「ホテルで、佑太のケータイから、弥生さんってフィアンセの番号を移しといたの。何か知ってるかもしれない」

「じゃ、連絡してみて」

里美は、前方をにらんでいたが、前を行く佑太たちの車はまだ視界に入って来なかった……。

8 逃亡

「そこを出ろ」

と、辻口は命令した。

佑太は言われるままに高速から出た。

「どこへ行くんです?」

「黙って運転してりゃいいんだ」

「はいはい」

一体、こいつは分ってるのか? 自分の命が危いってことを。――辻口は呆れながらも苛々していた。


拳銃を首筋に突きつけられながら、青くなるでも震えるでもなく、車を運転している。

落ちついているのか、鈍いのか……。

道は小さな町を抜けて、山間の谷へと入って行った。

ここなら上等だ。――辻口は以前にもこの先で、人を殺したことがある。

「教えて下さい」

と、佑太が言った。「この車って、やっぱり人をはねたんですか?」

「そうらしいな」

と、辻口は言った。「詳しいことは知らない。知る必要もないしな」

「でも、僕は何も言いません」

「そう言われてもな。俺の仕事は別だ」

「あの……」

「何だ？」

「まだ死にたくないんですが」

「そうだろうな。しかしお前はこの車に傷があったことを知ってる人間だ。お前が元気でいちゃ、困るってわけだ」

「でも、車だけでもいいんじゃないですか」

「俺に言うなって。雇い主に訊いてくれ」

と、辻口は言った。「その先を左へ折れてくれ」

「はい」

〈採石場〉という立て看板に見覚えがあった。

何だか、あまりに素直なこの若者を殺すのが可哀そうになった。

しかし、今さら仕方がない。

「一つ教えて下さい」

と、佑太が言った。

「何だ？」

「あなたを雇ったのって、西郷さんなんですか？」

辻口は肩をすくめて、

「そういうことになるかな。じかに、ってわけじゃない。金を払うのは西郷って奴だろう」

「じゃ、直接の雇い主は……」

「こういう仕事を請け負う男がいるんだ。そいつに話を持ち込んだのは、お前の働いてるホテルの支配人さ」

「やっぱり」

と、佑太は肯いた。「そんな気がしてました」

「化けて出るなら、そっちへ出てくれよ」

「選べますかね」

「知るか」

と、辻口は苦笑した。

車は、かつて採石場だった、荒れ果てた土地へと入って行った。

今は、採り尽くしたのか、使われていない。

削り取られた山肌が、白い崖となって、周囲を囲んでいる。

石を運ぶのに使って、故障でもしたのか、古ぼけたトラックが一台放置されていた。

「――どこに停めます？」

と、佑太はまるでタクシーの運転手のような口調で訊いた。

「あのトラックの近くでいい」

そう言って、辻口は窓の外へ目をやった。

その瞬間、佑太はアクセルをぐいと踏み込んだ。

突然急加速して、

「ワッ！」

辻口は後部座席で危うく引っくり返りそうになった。

車はあの古びたトラックに向って突っ込んで行った。

「おい――」

辻口が体を起こす間もなかった。

佑太の車は、トラックの荷台の後尾を引っかけるようにぶつかって停った。

シートベルトをしていた佑太は、フロントガラスが粉々になったのを浴びたもののどこにもぶつからなかった。

後部座席で、シートベルトをしていなかった辻口は、車がぶつかって停ると、そのショックで車の中で飛び上り、天井で頭をしたたか打った。

拳銃は離さなかったが、痛みで目がくらんだ。

佑太はドアを開けて、車から飛び出した。

「待て……」

辻口は声を上げようとしたが、頭の痛みでクラクラして声が出ない。

「畜生……。あいつめ！」

油断していた。まさかこんなことに……。

車から出ようとして、辻口はドアが開かないので焦った。

衝突のショックで、ドアが歪んだのか、力をこめてもほんの数センチ開いただけ。

足で蹴ってみても同じだった。

逃げられちまう！

「殺しのプロ」を自任している辻口としては、とんでもない失敗だ。

しかし、まだ間に合う。逃げるといっても、来た道を戻るしかないはずだ。

西側は林だが、身を隠せるほどの深さはなかったはずだ。

「このドアを……」

何とか開けようとするが、動かない。

反対側のドアは、トラックの荷台でふさがれていた。――前の座席だ。

運転席の横のドアは開いている。佑太が出て行ったときのままだ。

前の運転席へ移るのも容易ではなかった。

助手席との間に体を押し込むようにして、何とか前へ……。

しかし、ハンドルやギアが邪魔をして、動けないのだった。

「いてて……」

腰をひねって、烈しい痛みに声を上げた。

もともと腰痛がある。そこへ衝突のショックだ。体を無理にひねって、前の運転席へと……。

「――何だ？」

と呟いた。

この匂いは……。ガソリンだ！

ガソリンが洩れているのだ。しかし、車体の下だ。どうってことはない。

「もう少しだ……」

何とか運転席のシートに上体を乗せた。後は両脚を……。

そのとき、開いたドアの向うに、黒い煙が上ってくるのが目に入った。

「おい……。やめてくれよ」

と、つい車に話しかけていた。

ガソリンに火が点いたのだ！

たちまち、車の中に黒い煙が充満して来て、辻口はむせた。そしてチラチラと床からどこの隙間を通ってくるのか小さな火が覗いて、熱くなってくる。

とんでもない！　こんな所で焼け死ぬなんて！

逃げるんだ！　何とかして——。

だが、火はジリジリと辻口の上着の裾をこがし始めていた。

「よせ！　熱いじゃねえか！」

と、文句を言っても相手が火では——。

そのとき、

「僕の手をつかんで！」

と、声がした。

びっくりして顔を上げると、佑太が立っていた。そして辻口の方へ手を差し出しているのだ。

「お前……」

「早く出ないと、火が回りますよ！　僕の手をつかんで！」

「ああ……」

佑太は、辻口の両手をつかむと、体重をかけて引張った。

「いてて！」

と、叫びながら、どこでどう引っかけたのか、ズボンが裂ける音がした。

佑太が必死で引張ると、徐々に出口の方へと動き出した。

「もう少しです！」

ズルッと音がして、辻口の体はスッポ抜けた。

地面に折り重なるようにして突っ伏す。

すぐにゴーッと音がして、車は炎に包まれていた。

地べたに座り込んで、肩で息をしながら、

「お前……どうして……」

と、途切れ途切れに言った。

「あなたの焼けた黒こげの姿なんか見たくなかったんで」

と、佑太は言った。「けが、してますか?」

辻口はしばらく佑太を見ていたが、

「火で熱いな。少し離れよう」

と、やっとの思いで立ち上る。

そして、佑太の肩につかまって十メートルほど歩くと、車が一気に炎に包まれた……。

「ともかく、こっちの方向へと車を走らせてるのは確かです」

と、ハンドルを握った殿永が言った。

「頼りないわね! ヘリコプターか何かで追いかけられないの?」

と、助手席に座った亜由美が文句を言う。

「無茶言わないで下さい」

と、殿永は顔をしかめて、「アメリカ映画じゃないんです。そう簡単にヘリコプターなんて」

「じゃ、もっと飛ばして! 三〇〇キロぐらい出ないの?」

「この車はぎりぎりでも一五〇キロしか出ないんです!」

そんなやり取りをしていると、

「ワン!」

と、後部座席でドン・ファンが吠えた。

「ドン・ファンも『何とかしろ』って言ってるわ」

と、亜由美が勝手に通訳した。

「西郷って奴、許せない!」

と、怒りまくっているのは、ドン・ファンを傍に抱えた神田聡子である。

いつもはクールで、事件にあまり係り合おうとしない聡子だが、今度ばかりは、西郷克郎が車で朝永育代をはねて死なせ、さらにそのせいで母親の朝永沢子まで死んでいるので、

「少々の罪じゃ済まないわよね!」

「すみません」

と、聡子と並んで後部座席にかけている桐山弥生が言った。「私が、もっと早く佑太に本当のことを話すように言っていれば」

「でも、今はその佑太さんが殺されているかもしれないんだから」

「ひどい人! でも、あの柳田に……私も、ちょっと世話になったことが」

「え? 佑太さんを裏切ってたの?」

と、亜由美は呆れて、「佑太さんがそれを知ったら……」

「黙ってて下さい!」

「それより、まず命でしょ」

と、聡子がたしなめた。

やはり、聡子はそういう役回りが合うようだ。

弥生のケータイが鳴った。

「――どなたかしら？　――はい、桐山です」

「弥生さん？」

「そうですが……」

「私、西郷しのぶ」

「え？　西郷って――」

「今、佑太君は殺し屋らしい男と車で逃走中です」

「は？」

いきなりそう言われて、弥生は唖然とするばかりだった。


「まずいな」

と言ったのは、西郷良治。

「うん……」

と、克郎は肯いた。「うまく片付くと思ってたんだけど」

「しくじったら、どんな事情があっても同じことだ」

克郎も、父親の前では小さくなっているしかない。

「〈Sホテル〉の柳田が逮捕されたんだな？」

「そう連絡があったよ」

と、克郎は言った。「まさか正体がばれるなんて」

社長室には、西郷良治と克郎の親子だけだった。

「何も知らなかった。――いいな」

と、良治が言った。

「父さん……」

「あいつは〈柳田〉だった。こっちは奴が〈柳田〉だと思っていたのだ」

「でも、奴がどう言うか……」

「どう言おうと関係ない」

と、良治は言った「我々は、〈柳田〉が実は〈小俣〉という詐欺師だったとは、思ってもみなかった」

「ただ、あの〈Sホテル〉とは、うちも縁が深いし――」

「そんなことは知らん。ともかく、〈小俣〉などという男のことは、全く聞いたこともないんだ」

「分ってるよ」

「柳田に、何とか連絡をつけて言い含めておけ。話を合せたら、後の面倒はみてやると」

「でも、撃たれてけがしたそうだから……」

「傷が悪化して死ぬということもあるかもしれんな」

「まさか――」

「そこまで手を下すことはあるまい。しかし、問題はお前の方だ」

「うん……」

克郎は渋い顔で、「うまくいくと思ってたんだけど……」

「どうなってるか、分っとらんのだろう?」

「そうなんだ。〈Sホテル〉のベルボーイと車。どっちも消えちまって、どうなってるのか……」

「では、まだうまくいく可能性もあるんだな」

「まあね。でも……」

「もちろん、手を打っておく必要はある。大体、車で人をはねるなど、ドジなことをしてくれたな」

「大雨だったし、まさかあんな所で――」

「どうしてすぐに相談しなかった」

と、良治は息子をにらんだ。

「自分で何とかできると思ってたんだ」

「もっと早く、車とそのボーイを始末しておけば良かったんだ」

と、良治は言って、「まあ、済んでしまったことは仕方ない。ともかく、今の状況で、最悪の場合を考えておかなくてはな」

「プロがベルボーイを消してくれるとは思うんだ。でも、その報告がない」

「柳田が任せたのは半田だろう。あいつは金次第でどうにでもなる」

「たぶんね」

良治はしばらく考えていたが、

「――いいか。お前が女の子をはねて殺したとなったら、うちの仕事に大打撃だ」

「うん……」

「しかも、そのせいで、病気の母親まで死んだというんだな？　最悪だ。お前は刑務所で、俺も引退しなくてはならん」

「でも、どうしたら……」

「やむを得ん。――そのとき、運転していたのは、里美だった」

それを聞いて、さすがに克郎も言葉を失った。

良治は苦々しげに、

「他に手はない。車にはお前と里美しか乗っていなかったんだからな」

と言った。

「だけど……無理だよ！」

と、克郎は言った。「里美を刑務所に入れるの？」

「当人が納得すればな」

「納得するわけないよ。――僕だっていやだ」

「いいか。里美が運転していて、女の子をはねたとなれば、お前は妻をかばおうとした立派な夫ということになる。俺も仕事を失わずに済む」

「でも……里美が承知しないよ」

と、克郎は首を振った。

「そこはお前がうまく説得するんだ」

「そんな……。刑務所へ入れっていうんだよ。里美は僕が言ったって、聞くわけない」

「そうか」

と、良治は言った。「それなら仕方ない」

「ともかく、殺し屋からの報告を待って――」

「里美はどこにいる?」

「今?　たぶん……家にいると思うよ」

「誰かにやらせるか、それともお前がやるかだ」

「何を?」

「里美は、自分が人をはねて死なせたことを悔んで、自ら命を絶つ」

克郎がポカンとして、

「――どういうこと?」

「罪を悔いて自殺するんだ。家の中なら、何とでもできる」

やっと分った。

「里美を……殺すの?　そして自殺に見せかける?」

「それしか方法はない。そうだろう?」

「だけど……」

「お前は刑務所に入りたいのか?」

「まさか!」

「それなら度胸を決めろ」

克郎は青ざめたまま、ソファに座っていた。

すると、克郎のケータイが鳴った。

「――もしもし?」

と出てみると、

「西郷克郎さんですね」

「そうだが……」

「半田さんに連絡したら、逃げるところだと言って」

「逃げる?」

「この仕事を頼んで来た男が警察に捕まったと聞いて、逃げ出すことにしたようです」

「ああ。じゃ、君は――」

「仕事を頼まれた者です」

「そうか！　いや、連絡がないので、どうしたのかと……」

「すみません。思いの外手間取りまして」

「それで、うまく片付いたのか？」

「はい。ちゃんとやってのけました」

「そうだったのか！　良かった。じゃ、車も……」

「車は燃えました」

「そして、あの大倉ってボーイも――」

「消しました」

「よくやった！」

克郎は笑顔になって、父親の方へ肯いて見せた。

「それで、お願いが」

「何だ？」

「金をもらいたいんで。半田さんはそれどころじゃないと」

「そうか。――分った。僕が払うよ。取りに来てくれるか？」

「もちろんです」

「君――名前は？」

「辻口といいます」

「じゃ、僕の家に――」

と言いかけて、克郎は父親が立って来るのを見た。「――父さん」

「ついでに、もう一つ仕事を頼め。金は約束の三倍、いや五倍出す」

「何のこと?」

「いいか。柳田が逮捕されてるんだ。お前の車で、女の子をはねたことはばれると思わないといかん。ここは、里美に死んでもらうしかない」

「父さん……」

「よこせ」

良治は、息子のケータイを取り上げると、

「聞こえたか? 金は五倍出す。女を一人、消してくれ」

と言った……。

9　好き嫌い

「この車です」

と、里美が言った。「黒こげになってるけど、間違いありません」

トラックにぶつかった状態で、車は燃えてしまっていた。

採石場の跡で黒い煙が上っているという情報が入って、やって来た。

亜由美たちより前に、里美と西郷しのぶの車がそこに着いていたのである。

「でも——車の中には誰もいないわ」

と、しのぶが言った。

「佑太はどこに行ったのかしら」

と、弥生が言った。「あなたを撃った男も一緒だったんでしょ？」

「そのはずよ」

と、しのぶは言ってから、「——あなたが弥生さんね？」

「ええ」

「私、西郷しのぶ」

「車に勝手に乗り込んでいた人ね」

「だって、うちの車よ」

言われてみればそうだが。

「その男も、車はなかったわけだ」

と、殿永は言った。

「あのサービスエリアまでは車で来てたはずですけどね」

と、里美が言った。

「車を置いて来ているか。——チェックさせよう」

と、殿永がケータイを手にすると、着信があった。「何だ？　——もしもし」

殿永は、話を聞いていたが、

「——西郷克郎が、自分の車で自転車の女の子をはねたと、警察へ出頭して来たそうだ」

「やっぱりね！」

と、聡子が言った。

しかし、続けて話を聞いていた殿永は、

「——何だって？」

と、声を上げた。「そう言ってるのか。西郷が。——いや、しかし……」

と口ごもって、

「分った。ともかく署に待たせておけ。これから戻る」

亜由美がふしぎそうに、

「殿永さん、どうかしたの？」

「いや、西郷克郎の言うには……」

「何と言ってるの？」

「確かに自転車の女の子をはねたが、そのときは、妻が運転していた、と」

「妻が、って……私が？」

里美が愕然（がくぜん）とした。「とんでもない！」

「責任逃れしようとしてるんだわ」

と、亜由美が言った。「卑劣な男！」

「夫が……。何てこと！」

里美はただ呆然としている。

「ワン」

と、ドン・ファンが吠えて、里美の足下へやって来ると、じっと見上げた。

「――慰めてくれるの？　ありがとう。私、何て人と結婚してしまったのかしら」

里美は力なく言った。

「克郎さんがそんなこと考えるかしら」

と、しのぶが言った。「きっと、お父さんの入れ知恵よ」

「なるほど」

と、殿永は肯いて、「息子がやったとなれば、自分も社会的責任を問われる、と思ったんだな」

「父親だけど、かなり悪どいことも商売では色々やってるみたい」

と、しのぶが言った。

「待って」

と、亜由美は気付いて、「里美さんがここにいることを、ご主人は知らないんじゃ？」

「ええ、確かに……」

と、里美は肯いて、「私は一人で出かけて、家へ帰り着く前に、この車の出て来るのを見て、追って来たから……」

「つまり、ご主人は里美さんが自宅にいると思ってる?」

「だと思うわ。でも、どうして私に何も言わずに……」

「言ったら、里美さん、罪をかぶった?」

と、しのぶが言った。

「いいえ!」

里美は即座に言った。「やってもいないことで、そんな……。夫が罪を償ってくれたら、ちゃんと待っているつもりだったわ。でも——」

そのとき、里美のケータイが鳴った。里美はハッとして、

「夫からだわ。——もしもし」

里美は外部スピーカーにした。

「里美、今、家にいるのか?」

里美は一瞬迷ったが、

「ええ、もちろん」

と答えた。「あなた、どこからかけてるの?」

「ちょっと仕事で急用ができてね。少し遅くなるかもしれない」

「分ったわ。あんまり遅くなるようなら、先に寝てるわよ」

「ああ、そうしてくれ——」

克郎は早口に言うと、「じゃ、後で」

と切ってしまった。

「まだ里美さんが何も知らないと思ってる」

と、亜由美は言った。「殿永さん——」

「何を考えてるのか……」

と、殿永が考え込むと、ドン・ファンが燃え

て黒こげになった車のそばで吠えた。

「――そうよ」

と、弥生が言った。「佑太は？　どうなったの？　殺されちゃった？」

「おかしいわ」

と、しのぶが車を眺めて、「拳銃で私を撃った男は、後ろの座席にいたわ」

「だとすると変ね」

亜由美も改めて車をまじまじと見て、「運転席のドアは開いてるけど、後ろのドアは開いてない」

「つまり、どういうこと？」

と、聡子が言った。

「車がトラックにぶつかったのは、佑太さんが運転してのことでしょ。きっと、わざとぶつけたのよ」

「そうですな」

と、殿永が肯く。「大倉佑太を殺して車を燃やすにしても、トラックにぶつける必要はない」

「それに、運転席の側のドアが開いてるってことは、佑太さんが逃げ出したからじゃない？　すると殺し屋の方は？」

「死体がないのだから、車から何とか脱け出したんでしょうな」

「じゃ、佑太はどこにいるの？」

と、弥生が言った。

「この近くを捜索させましょう」

と、殿永が言った。

「――里美さん、これからどうするの？」

と、しのぶが訊いた。

「どうしたらいいのか、何も考えられないわ」

と、里美は途方にくれた様子で言った。

「ねえ、それより佑太を捜して！　今にも殺されようとしてるのかもしれないのよ！」

と、弥生が主張した。

殿永はケータイで連絡を取ると、

「この近くに逃げたとすれば、そう遠くへは行っていないはずですよ」

と言った。「今、応援が来ます。ここへ入って来る途中の森を中心に捜索しましょう」

「――待って」


と、亜由美が言った。

ドン・ファンが亜由美の足下に寄って行って、ゴロンと寝そべったのである。

「呑気（のんき）な犬ね」

と、弥生がふくれっつらになったが、

「違うわ」

と、亜由美は言った。「ドン・ファンが言いたいのは……」

そして、里美の方へ、

「今、ご主人は『遅くなる』と言ってましたね」

「ええ」

「あなたが、先に寝ると言ったら、そうしてくれ、って」

「それが何か……」

「殿永さん。――西郷克郎の立場になって考えると、警察で、車を運転していたのは里美さんだったと話している。でも、里美さんがそれを否定することも分ってるんじゃないかと思うんです」

「確かに」

「その後に直接里美さんに電話してるけど、その事故の話は全くしていない。これって……」

「なるほど。つまり……」

「ね？　もしかすると、克郎の狙いは……」

「そうかもしれませんね」

「ね？　里美さんに自分の話を否定されないために克郎が取れる方法は一つだけですよ」

亜由美と殿永の話を聞いていた聡子が、

「何だかさっぱり分んない！　ちゃんと説明して！」

と、苛々と言った。

「つまりね――」

と、亜由美が言いかけたとき、急にしのぶが思い出したように、

「あ、そうだ。言い忘れてたわ」

と言い出した。「弥生さん、私、佑太さんと寝たの」

「――は？」

弥生が目を丸くする。「寝たって……」

「私たち、とっても気が合ってね。それで、体の方も相性が良かった。というわけで、私、佑

太さんと結婚することにしたから、その点、よろしく」

「何ですって？　――私、フィアンセなのよ」

「ですから、それはもうなしってことで」

「そんな……。でたらめ言わないで！　佑太が私を裏切るわけないわ」

「残念だけど、本当だと思うわよ」

と言ったのは里美だった。「二人でホテルに入ったのは見たわ」

「だって……そんな……」

弥生は何を言っていいか分らず、喘（あえ）ぐように口を開けて息をするばかりだった。


眠ってはいけない。

そう思うと、却って眠気が襲ってくる。

「だめだめ」

と、里美はベッドの中で、口に出して呟いた。

「ちゃんと起きてないと」

じっと、暗い寝室の天井を見上げていると、あの暗い大雨の夜のことを思い出してしまう。

あのとき――克郎はシャワーも浴びずに里美を強引に抱いた。

あのとき、気付くべきだった。少なくともあの夜、何があったのか、察していれば良かった……。

分っても良かったのだ。少なくとも、あの後で、車にはねられて死んだ自転車の少女がいたと知ったとき、夫を問い詰めてでも、真実を知るべきだった。

しかし——里美は考えることから逃げた。

「まさか、そんなことが」

と、自分の心の中の疑惑を打ち消したのだ。

克郎は悩んでいたはずだ。もともと、気の弱い男なのである。

自信たっぷりな風を装っているが、実際は人目を気にして、人から嫌われることを恐れている。

そんな克郎にとって、「刑務所に入れられること」など、とても耐えられないだろう。

しかし……。

死んだ娘と母親のことを考えれば、そんな理屈は通用しない。

「あなた……」

私はあなたを見捨てない。それなのに、あなたは……。

色々考えている内、里美はフッと一瞬眠った。

そして——。

誰かがいる。寝室の中に人の気配を感じて、里美はハッと息を呑んだ。

「誰？」

と、声を上げたが、声は震えていた。「誰かいるの？」

夫ではない誰かが、ベッドのそばに立っていた。

「ただいま」

克郎は居間へ入って、明りが点いているので、声をかけた。「――里美？」

しかし、返事はなかった。

ＴＶが、つけたままになっていて、どこかの医薬品のＣＭが流れていた。

リモコンを手に取ってＴＶを消すと、居間が急に静かになった。

克郎は上着を脱いで手に持つと、二階へと上って行った。

寝室のドアが少し開いていた。

「――里美？　起きてるか？」

克郎はそっとドアを開けた。明りが消えていたので、スイッチを押す。

明りがつくと、天井の照明のフックから里美の体がぶら下って、かすかに揺れていた。

「――里美」

克郎は立ちすくんで、床に倒れた椅子、そしてガウンのベルトらしい物で首を吊っている妻を見やった。

「里美……。すまない」

という言葉が、克郎の口から洩れ出た。

「赦してくれ。――これが、親父の会社を救う唯一の方法なんだ。頼む、分ってくれ」

そのとき、克郎のケータイが鳴った。

「――もしもし」

「辻口か」

「ご依頼の通り、仕事をしました」

「うん、分った」

「支払いの方をよろしく」

「分った。今、どこにいる？」

「お宅の駐車場に車を停めて、その中からかけています」

「すぐ行く」

克郎は居間へと下りて行くと、鍵のかかる引出しを開け、中から分厚い封筒を取り出した。

そして、駐車場へと出て行く。

スポーツカーが停っている。しかし誰も乗っていなかった。

「――どこだ？」

こわごわと声をかけると、背後で、

「後ろです」

と、声がした。

克郎はびっくりして振り向いた。全く気配を感じなかったのだ。

「辻口か。――ご苦労だった」

「確かめましたか」

と、辻口は無表情に言った。

「うん。まあ……あまりじっくりとは……」

「奥さんを殺させたわけですね。まだ結婚して間もないんでしょう」

「ああ。しかし、そんなことは――」

「私の知ったことじゃありません」

と、辻口は引き取って、「金はどこです」

「うん。ここに――」

克郎は上着の内ポケットから少し分厚い封筒を取り出して、辻口に渡した。

「これは……」

「いや、分ってる。これは差し当りの二百万だ。現金を用意するのは、今面倒なんだ。二、三日待ってくれ」

「そういう話ではなかったはずですが」

冷ややかな口調で言われると、克郎はゾッとした。

「すまん。必ず約束は守る。父の言った通り五倍払う」

「約束は守ってもらいますよ」

と、辻口は言って、「こちらから連絡します」

そう言うと、スポーツカーに素早く乗り込んで、走り去った。

克郎はそっと冷汗を拭った。


現金は父が用意するはずだ。――父の考えとはいえ、克郎も里美を殺したくはなかった。しかし、今さら父に逆らうこともできなかった。

「警察に連絡しなくちゃな」

自分の罪を悔いて、自ら命を絶った。

「そうだ」

そういう旨の〈遺書〉が必要だ。

手書きではばれる。――里美のパソコンに打ち込んでおこう。

警察は、西郷良治の話を信じるだろう。何といっても、政界にも顔のきく実力者だ。

克郎は、寝室へと戻って行った。

気が重い。――あの殺し屋に言われるまでもなく、まだ新婚の妻を殺すことなど、喜んでやれるわけがない。

「すまんな、里美……」

と、寝室へ入って――克郎は唖然とした。

天井からぶら下っているはずの里美の死体が、消えてしまっていたのだ。


「おい！　ここだ！」

と、半田は白い小型車を見て手を振った。

車が寄って来て停った。

「待った？」

と、運転席の弓子が言った。

「いや、そうでもない」

半田は助手席に乗ると、「持って来てくれたか」

「後ろの席にボストンバッグが」

「助かるよ」

と、半田は息をついた。

車が夜の町を抜けて行く。

「どこへ逃げるの？」

「何年か前に住んでた田舎の町がある」

と、半田が言った。「まだ知ってる奴がいるはずだ」

「昔の女ね？」

と、弓子が言った。「あんまりあてにしない方がいいと思うけど。落ち目になったら、誰でも冷たいものよ」

「いやなこと言うなよ」

と、半田は苦笑した。「一旦姿を消しゃ、その内忘れられる。柳田が捕まったのは予想外だったな」

「しゃべってるでしょ、きっと。あんたのこと」

「俺は何もしてねえ。仲介しただけのことだ」

　と言って、半田は、「おい、どこへ向ってるんだ？」

　と、外の風景をキョロキョロと見回した。

「私のなじみのお店よ」

　と、弓子が言った。

　車はカーブして、その建物の前につけた。

——警察署だった。

　車の助手席側のドアを開けたのは刑事で、

「おい、弓子、よくやった」

　と言うと、「さ、降りろ」

　と、半田を促した。

「俺は何も——」

「〈Sホテル〉の柳田——いや、小俣と仲がいいんだろ。いくつもの詐欺で組んでることは分ってる。さあ、出ろ」

「畜生！　弓子、お前——」

「バッグ、持ってってね。着替えとか入ってるから。留置場で風邪（かぜ）ひかないように」

　と、弓子は言って、刑事へ、「今度、ごほうびを忘れないでね」

　と、ウインクして見せた。

「何だ、こんな夜中に」

居間へ入って来た西郷良治は、不機嫌そのものという表情だった。

「父さん……」

克郎が半ば放心したように、「僕は……自首するよ」

と言った。

「何だと？　馬鹿を言うな！　奴がうまくやったんだろう？　自殺に見せかけたと連絡があったぞ」

「うん……。でもね、里美はいなくなったんだ」

「いなくなった？」

「きっと、化けて出るんだ。そして僕を取り殺すんだよ」

「何を言う！　しっかりしろ！　お前は俺の後を継いで、ビジネスに身を入れればいいんだ。里美には可哀そうなことをしたが、お前の妻なんだ。お前のために役に立って死んだのなら、幸せというもんだ」

すると、居間の入口で笑い声がした。

「――しのぶか。お前には関係ない！　寝ていろ」

「お父さん、里美さんがそんなことで幸せに思うなんて、ありっこないわ」

「何だと？」

「お父さんに引き取ってもらって、ここまで暮して来たのは、お父さんのおかげ。でも、人殺しの片棒かつぐのは放っとけない」

「お前なんかに分るか。仕事ってものは、人間の一人や二人殺しても、続いていくものなんだ」

「一人や二人？　〈Sホテル〉のベルボーイ、大倉佑太と里美さん？　でもね、残念ながら——」

と、しのぶが傍へよけると、居間に入って来たのは、佑太だった。

「おまえ……」

と、克郎が目をみはって、「お前も化けたのか？」

「あの辻口って人が車で焼け死ぬところを助けたんです」

と、佑太は言った。「辻口さんは、僕には恩を感じてくれているんです」

「しかし……」

「あの車で、自転車の女の子をはねた。そう認めて、罪を償って下さい」

「運転しとったのは里美だ！」

と、良治が言った。

「往生際が悪いですね」

と言ったのは、佑太が傍へ退いたところへ現われた、当の里美だった。

「里美！　生きてたのか」

と、克郎がヘナヘナと崩れるようにソファにかけた。

「辻口さんがね、天井から吊ったベルトは私の胸のところで結んで、パジャマの上で隠したの。

首にはよく似た布を巻きつけて、首を吊ったように見せたのよ」

「そうか……。生きてて良かった……」

克郎は泣き出してしまった。

「泣くな！　男のくせに！」

と、良治は苛々して、「こいつには自首はさせんぞ。そんなことをしたら、会社はお前が継ぐ前に潰れてしまう」

「でも……里美が生きていてくれたことの方が嬉しい」

「全く！　何て奴らだ」

と、良治が怒鳴ると、

「あなた」

と、里美が言った。「私と一緒に警察へ出頭しましょう。人を死なせたんですもの。償いはしなきゃ」

「私が同行しますよ」

と、今度は殿永が姿を見せた。

「刑事か？　いいか、俺は大臣たちと親しいんだぞ！」

と、良治が必死の形相で言った。

「里美さんの殺害を企てたあなたも、同行していただきますよ」

と、殿永は言った。

「ワン」

ドン・ファンがひと声吠えると、亜由美と聡子が居間へ入って来た。

「私、赦さないからね！」

と、聡子が克郎をにらんで、「あの子を生き返らせることはできないけど、あなたたちを刑務所へ送ることはできる」

「申し訳なかった」

と、克郎はうなだれて、「何度も夢でうなされたよ」

良治はフンと鼻を鳴らして、

「仕度をするから、待っとれ」

と言うと、わざとらしく胸を張って居間を出て行った。

「——里美」

と、克郎が言った、「僕は……」

「何か言いたいことがあるなら、よく考えてから言って」

と、里美は言った。「私が殺されようとするのを、あなたは止めなかった」

克郎も、そう言われると黙ってしまった。

——亜由美が、

「あら？　ドン・ファン、どこに行った？」

と、周りを見回した。

そのとき、どこかで銃声が聞こえて、みんなが一瞬動かなくなった。

「——親父の部屋だ！」

と、克郎があわてて居間を飛び出し、みんなが後を追った。

「——父さん！」

ドアを開けた克郎は、立ちすくんだ。

床に拳銃が落ちていて、良治が青ざめてベッドに腰かけていた。

「俺は……死のうとしたんだ」

と、良治が言った。「そこへこの犬が……」

ドン・ファンが、落ちた拳銃のそばにしっかりと座っていた。

「ドン・ファン、止めたのね！　よくやったわ！」

と、亜由美がドン・ファンへ駆け寄って、頭をなでた。「——西郷さん、死ぬ覚悟があるのなら、生きて、やるべきことを考えて下さい」

良治は、息子と手を握り合うと、

「——死にそこなったとき、突然死ぬのが怖くなった。臆病なんだな、俺は……」

と言った。

「そうじゃないよ。親父も僕も、普通の人間なんだよ……」

ドン・ファンが、

「ワン」

と、ひと声吠えた。

エピローグ

「どうするのよ！」

「はっきりして！」

二人の女に迫られているのは——もちろん大倉佑太である。

〈Sホテル〉のロビーで、弥生としのぶがにらみ合っていた。

「ねえ、そうにらまれても……」

と、佑太は小さくなっている。

どっちとも寝ているのだ。強いことは言えない。

「——じゃ、失礼するわ」

と、亜由美が言った。

チェックアウトして、ホテルを出るところである。

「ありがとうございました！　タクシー、お呼びしますね！」

これ幸いと、佑太は駆け出して行った。

「もう……。はっきりしないんだから！」

と、弥生がむくれる。

「それじゃ、ジャンケンでもして決める？」

と、しのぶが言った。

殿永がロビーへ入って来た。

「あら、迎えに来てくれたの？」

と、亜由美が言った。

「そういうわけでは……。柳田の後の支配人が誰になるのかと思いましてね」

「それより辻口って人は? 捕まったんですか?」

「いや、あれ以上は金を要求せずに消えてしまいました。もちろん捜していますが」

「里美さんから、西郷克郎と別れると言って来ました」

「そうでしょうね」

「でも、判決が出るまでは待つそうです。——私なら即座に出て行くけど」

「ともかく、育代ちゃんの敵が討てた」

と、聡子が言った。

「ワン」

ドン・ファンも得意げに吠えた。

「今、タクシーが来ます」

と、佑太がやって来て、「お荷物を」

「自分で持つからいいわ」

「いえ、そうおっしゃらずに!」

佑太が亜由美たちのバッグを手に、外へ出て行った。

「逃げ回ってる」

「ねえ」

と、佑太の二人の「彼女たち」は顔を見合せると、

「ね、ドン・ファン」

と、しのぶがやって来て声をかける。「あな

たなら、私と弥生さんと、どっちを選ぶ？」

ドン・ファンは聞こえなかったふりをして、あさっての方を向いた……。

初出「Ｗｅｂジェイ・ノベル」配信
花嫁、街道を行く　'21年４月〜９月
あの夜の花嫁は、今　'21年10月〜'22年１月